# Le yacht de la passion

TARA PAMMI

# Le yacht de la passion

*Traduction française de*
ELISABETH MARZIN

AZUR

HARLEQUIN

*Collection :* Azur

*Titre original :*
THE PLAYBOY'S 'I DO' DEAL



**HARPERCOLLINS FRANCE**
83-85, boulevard Vincent-Auriol, 75646 PARIS CEDEX 13
Service Lectrices — Tél. : 01 45 82 47 47 - www.harlequin.fr
ISBN 978-2-2804-8407-7 — ISSN 0993-4448

Composé et édité par HarperCollins France.
Imprimé en juin 2023 par CPI Black Print (Barcelone)
en utilisant 100% d'électricité renouvelable.
Dépôt légal : juillet 2023.

FSC www.fsc.org MIXTE Papier issu de sources responsables FSC® C159065

Pour limiter l'empreinte environnementale de ses livres, HarperCollins France s'engage à n'utiliser que du papier fabriqué à partir de bois provenant de forêts gérées durablement et de manière responsable.

# 1.

Une fuite éperdue devant des mafieux lancés à sa poursuite par leur chef, un vieux dégoûtant à bedaine qui prêtait de l'argent en échange de « biens désirables », ce n'était pas ainsi que Clare Roberts avait imaginé sa vie.

Pourtant, de l'imagination, elle n'en manquait pas. Quand elle était enfant elle voyait son père en super héros débordant d'affection, alors qu'il l'avait abandonnée à cinq ans sur le seuil d'une tante qui n'en demandait pas tant.

Aujourd'hui, si elle avait des hommes de main à ses trousses, c'était parce qu'il l'avait offerte en garantie à un parrain de la Mafia auprès duquel il avait contracté une dette restée impayée à sa mort.

« Biens désirables »… Rien que l'expression lui donnait la nausée.

Pour échapper à Sbire Numéro Un, plus intéressé par elle que par l'argent qu'elle devait à son chef, il ne lui restait qu'une seule solution. Se cacher à bord du super-yacht de l'homme avec qui elle avait couché moins d'un mois plus tôt. Or, si la nuit en question avait dépassé toutes ses espérances, le lendemain matin, son amant d'un soir l'avait effacée de sa vie avec autant de désinvolture qu'on jette du spam à la corbeille.

Ça lui apprendrait à se jeter tête baissée dans les bras de Dev Kohli, homme d'affaires prospère doublé d'un séducteur invétéré. Cet ancien champion olympique de natation devenu milliardaire avant trente ans après avoir créé Athleta, la marque de sport la plus tendance de la planète, était un véritable self-made-man. Une qualité qui avait suscité son intérêt dès la première fois où elle l'avait aperçu lors d'un événement de relations publiques qu'elle avait organisé pour un de ses amis. Sa carrure et sa musculature ne l'avaient pas laissée indifférente non plus, à vrai dire. Elle aurait dû se douter que London Connection, l'agence de relations publiques qu'elle avait fondée, pourrait être amenée à travailler avec lui. Après tout, il avait la réputation d'être plus fidèle à ses clients qu'à ses maîtresses. De son côté, elle approuvait sans réserve la règle interdisant de mélanger sexe et affaires. Même si, dans ce cas précis, la perspective d'une relation strictement professionnelle avait quelque chose de frustrant…

Elle ne passait pas son temps à se morfondre en pensant à lui, mais quand le cœur vibrait… enfin, en l'occurrence c'étaient surtout ses attributs féminins qui avaient vibré cette nuit-là, après avoir été superbement ignorés jusqu'à l'âge avancé de vingt-huit ans. Un gloussement nerveux – favorisé par les deux flûtes de champagne qu'elle avait avalées dans sa panique – lui échappa. Amy et Bea, ses deux associées et meilleures amies, la taquineraient sans fin si elle utilisait l'expression « attributs féminins » devant elles ! Amy en tout cas ne s'en priverait pas. Bea aurait juste le fou rire. Mais, en ce moment, chacune se trouvait à l'autre bout du monde, en mission pour l'agence. À part un texto de temps en temps, elles ne communiquaient pratiquement pas.

Comme elles lui manquaient ! Elle mourait d'envie de leur raconter le dernier tour pendable que lui avait joué son défunt père, puis de pleurer toutes les larmes de son corps pendant qu'elles injurieraient copieusement celui-ci. Se sachant mourant, il lui avait envoyé de l'argent pour financer la création de London Connection. Aujourd'hui, elle avait encore du mal à croire ce qu'elle venait de découvrir. Loin d'avoir enfin fait quelque chose de positif pour elle, il l'avait trahie de la pire des manières. Oui, elle mourait d'envie de s'épancher auprès de ses amies.

Mais prendre contact avec elles alors qu'elle avait des mafieux à ses trousses n'était pas une bonne idée. Et s'ils menaçaient Amy ou Bea parce qu'ils ne parvenaient pas à la localiser ? Après tout, il suffisait de se renseigner un minimum sur elle pour savoir qu'elles étaient sa véritable famille. Les seules personnes au monde qui tenaient à elle. Non, impossible de prendre le risque de les mettre en danger. Il valait mieux pour elles qu'elles ignorent où elle se trouvait et avec qui. Amy et Bea savaient de quel acharnement elle était capable quand elle suivait la piste d'un nouveau client éventuel. Elles ne s'inquiéteraient pas si elles restaient sans nouvelles pendant quelque temps.

Ce que ses amies ignoraient également, et qu'elle n'avait pas l'intention de leur dire, c'était que le client en question était l'homme avec qui elle avait passé une nuit quelques semaines plus tôt. Le besoin étrange de protéger ce souvenir comme un bien précieux l'avait poussée à la discrétion. Et puis, si elle s'était confiée à ses amies, elle se serait sentie obligée d'admettre qu'elle n'avait pas réussi à faire preuve du détachement de rigueur en matière d'aventures sans lendemain. Alors que, de son côté, Dev n'avait pas eu le même problème…

Athleta serait une prise beaucoup trop belle pour qu'elle la laisse filer uniquement parce que son P-DG ne lui avait pas juré un amour éternel. Ce soir c'était sa seule chance de convaincre ce dernier que sa petite agence de relations publiques était à même de rétablir sa réputation récemment ternie.

Malheureusement, les mafieux l'avaient pistée de Londres à New York, où elle avait assisté à une conférence, puis de là jusqu'à São Paulo. C'était terrifiant. Aujourd'hui les intentions de leur chef avaient été précisées sans ambiguïté. Ce qu'il voulait en remboursement de la dette qu'elle avait prétendument envers lui, ce n'était pas l'argent. C'était elle.

Depuis deux semaines, elle vivait dans l'angoisse d'être kidnappée, où qu'elle se trouve.

Ce soir elle envisageait de regagner discrètement son hôtel quand elle avait repéré Sbire Numéro Un sur le pont principal du super-yacht, un verre à la main. Le petit homme blond et joufflu lui avait adressé un sourire angélique. De toute évidence, sa mine enjouée était un atout pour surprendre les femmes sans méfiance. C'était le même homme qu'elle avait vu traîner à côté du kiosque à journaux dans la rue de London Connection. Dans le quartier chic et supposé sûr où les trois associées payaient un loyer astronomique pour les locaux de l'agence.

Il l'avait même légèrement bousculée un soir, alors qu'elle se hâtait vers la station de métro en sortant du travail. Il s'était répandu en excuses. Quand elle l'avait vu dans le hall de son hôtel new-yorkais, elle s'était demandé si elle était victime d'hallucinations.

À présent il était là, à bord du yacht de Dev. Aussi chic que les autres hommes en costumes de créateurs. Bavardant avec un sourire affable. Il l'avait presque touchée. Il avait tenté de discuter avec elle comme s'ils étaient de vieux amis qui s'étaient perdus de vue. Elle n'avait pas le temps de se demander comment il était monté à bord. Il fallait qu'elle se cache. Maintenant.

Passant les mains sur ses hanches, Clare observa le circuit des rondes effectuées par le garde en uniforme. Sa jupe en soie vert émeraude était un cadeau de Bea et elle lui donnait un courage dont elle avait bien besoin. Sans un regard en arrière, elle descendit l'escalier en colimaçon – qui aurait cru qu'il pouvait y avoir un escalier comme celui-ci sur un yacht ? – en s'efforçant de ne pas trébucher avec ses talons aiguilles de dix centimètres. Enfilant une coursive, elle jeta un coup d'œil derrière chaque porte. Malgré la panique, elle ne put s'empêcher d'admirer les différents salons spacieux au décor raffiné. Le claquement de ses talons sur le sol en frêne résonnait dans le silence, évoquant un compte à rebours sinistre.

Le cœur battant à tout rompre, elle pénétra dans la plus grande cabine et s'immobilisa un instant, impressionnée par ses dimensions. Mais l'immense lit recouvert d'une couette bleu marine semblait si accueillant qu'elle se surprit à avancer vers lui. En sentant la douceur du satin de coton sous ses doigts, elle prit conscience qu'elle palpait la couette. Elle avait les paupières lourdes et les jambes molles. Depuis une semaine elle ne cessait pas de voyager. Et elle n'avait pas fermé l'œil depuis que cet homme avait commencé à la suivre. Mais elle ne pouvait pas se permettre de dormir maintenant. Pas si elle voulait éviter d'être repérée avant que la soirée se termine.

Après un dernier regard plein de regret vers le lit, elle s'efforça d'émerger de la brume de fatigue qui l'enveloppait. Le choc que lui avait causé la vue de cet homme de main omniprésent n'arrangeait rien. Comme un automate, elle entra dans un dressing à peu près de la taille de la chambre de son minuscule appartement londonien. Un léger parfum de bois de santal réveilla des souvenirs délicieux. Le corps musclé de Dev contre le sien, la peau soyeuse de son dos sous ses doigts… et ce moment magique où il avait plongé son regard dans le sien. Elle avait senti qu'il la voyait telle qu'elle était, avec toute sa vulnérabilité. Et il avait déposé un baiser sur sa tempe en resserrant tendrement ses bras autour d'elle.

La douceur exquise de ce souvenir calma soudain la peur qui nouait l'estomac de Clare. Elle s'installa dans le siège situé sous la fenêtre et regarda la mer. L'eau bleue qui s'étendait à perte de vue symbolisait la distance qui la séparait de chez elle, de ses amis et de la société qu'elle avait bâtie avec son sang, sa sueur et ses larmes. Mais bon, de l'autre côté de l'océan, il y avait aussi l'homme qui prétendait qu'elle lui appartenait, comme si elle était une tête de bétail.

Clare enleva ses sandales à talons et replia les genoux sur sa poitrine. Se calant dans le siège moelleux, elle ferma les yeux et attendit que les battements de son cœur s'apaisent.

Que la fête se termine. Que le yacht lève l'ancre.

Tout en elle se rebellait à la perspective de partir vers une destination inconnue en compagnie d'un homme qui l'avait quittée sans un regard en arrière après la nuit la plus fantastique. Qui lui avait dit clairement que, bien qu'agréable, leur… association était terminée.

Mais, pour l'instant, le play-boy milliardaire représentait la sécurité.

— Promets-moi que tu seras là pour le mariage, Dev. S'il te plaît.

Dev Kohli se massa la tempe. Les supplications de sa sœur jumelle n'arrangeaient pas sa migraine… Mais inutile de se mentir – c'était parce qu'il s'y était toujours refusé qu'il avait réussi à survivre dans l'école militaire où l'avait envoyé son père. Il fallait bien admettre que c'était son sentiment de culpabilité qui transformait un des pires mois de sa vie en véritable cauchemar.

— Tu n'as même pas encore rencontré Richard. Enfin voyons, Rich et moi sommes fiancés depuis huit mois et mon frère jumeau ne le connaît pas encore. C'est un peu trop, même pour toi, Dev. Tu n'as pas envie de t'assurer que…

Diya parlait sans s'arrêter et sans avoir besoin d'autre réaction de sa part que les grognements qu'il émettait à intervalles réguliers. Le fait que sa sœur – plus jeune que lui de deux minutes et demie – en rajoutait pour le faire culpabiliser ne signifiait pas que ses remords étaient injustifiés. Il n'était pas retourné dans la maison familiale en Californie depuis l'école militaire. Il n'avait pas vu Diya depuis dix-huit mois. Mais, même pendant sa brouille de presque vingt ans avec son père, voir ses frère et sœurs avait toujours été une priorité pour lui. Même si son frère procureur et sa sœur neurochirurgienne pédiatrique ne cherchaient qu'à le convaincre de revenir à la maison.

Diya avait toujours été la seule à prendre de ses nouvelles. Quand il avait tourné le dos à tout le reste de la famille, Diya était restée son seul lien avec ses racines. Avec la seule personne qu'il avait aimée et perdue. Leur mère.

— Quand a lieu le mariage ? demanda-t-il, juste pour interrompre le flot d'anglais et d'hindi qui se déversait dans son oreille depuis l'autre côté de l'Atlantique.

Il avait consulté la date assez souvent au cours des dernières semaines.

— Tu le sais parfaitement, rétorqua Diya d'un ton vif.

— Ce n'est pas le moment pour moi d'aller en Californie, Diya. Tu sais bien ce que je subis de la part des médias. Ce scandale pour harcèlement sexuel qui menace la réputation de ma société n'est pas à prendre à la légère. J'ai des collaborateurs qui travaillent jour et nuit pour résoudre le problème et faire en sorte que ça ne se reproduise jamais. Et si je me montre au mariage en plein milieu de ce… cette affaire difficile, tu sais très bien ce qu'*il* va dire.

Sa sœur n'avait pas besoin qu'il précise de qui il parlait, bien sûr.

— Je n'ai vraiment pas envie c'est d'entendre un sermon, ajouta-t-il avec amertume.

Oui, il était encore amer. Même après toutes ces années. Même après avoir prouvé que son despote de père avait tort à bien des égards.

— Dev, tu ne peux pas laisser le passé…

— Je ne me vois vraiment pas prendre part à un énième épisode de drame familial. Si je reste assez loin, nous pouvons continuer à feindre d'être l'incarnation de la famille indienne américaine fortunée qu'il a toujours voulu que nous soyons. Tu veux que ton mariage soit éclipsé par une de nos terribles querelles ?

Diya soupira.

— Si je dois passer mon temps à vous séparer, papa et toi, je le ferai. En fait, je demanderai à Richard de jouer les arbitres. Papa adore Richard.

Dev tressaillit comme s'il venait de recevoir un coup violent en pleine poitrine. Il ne l'avait pas vu venir, celui-là ! Il réprima une furieuse envie de fracasser son téléphone contre le bar en verre et d'oublier le mariage. Son père appréciait le fiancé banquier d'affaires de Diya.

Et lui, à vingt-neuf ans, il était envieux d'un étranger qui avait l'admiration de son père. Comme s'il était de nouveau ce garçon pathétique de douze ans, prêt à tout pour plaire à son père mais n'y parvenant jamais.

— Je suis désolée, Dev.

Il soupira.

— Ce n'est pas ta faute, D.

Personne ne comprenait à quel point les cicatrices de son enfance étaient profondes. Pas même Diya. Son frère aîné parfait et sa sœur brillantissime, encore moins. C'était comme s'ils avaient un père différent du sien.

Par moments, il leur en voulait terriblement à tous. Surtout parce qu'ils attendaient de lui qu'il… s'en remette. Qu'il oublie qu'il avait toujours eu le sentiment d'être un étranger dans cette illustre famille modèle. Surtout après la mort de sa mère.

Non, ce sentiment avait été gravé en lui. Par son père. Jusqu'à ce qu'il l'envoie à l'école militaire à douze ans – paradoxalement une bénédiction –, ce dernier l'avait tyrannisé, lui enfonçant dans la tête qu'il n'était rien.

C'était quelque chose qu'il ne pouvait ni oublier ni pardonner.

— Dev, je te promets que, si tu ne viens pas à mon mariage, je… je t'interdirai de voir ta future nièce ou ton futur neveu. Je te rayerai de ma vie. Des poèmes épiques seront écrits à propos de l'oncle absent.

Dev entendit une voix apaisante derrière Diya. Richard, sans aucun doute. Il ne put s'empêcher de sourire malgré le poids qui lui comprimait la poitrine. Quel genre d'homme avait bien pu s'engager de son plein gré à passer sa vie avec son impétueuse sœur ?

Bon sang, cette situation n'était pas dans l'ordre des choses. Il n'aurait pas dû se trouver à des milliers de kilomètres de son frère et de ses deux sœurs. Sa mère aurait été profondément attristée de cette querelle qui l'avait laissé complètement seul. Cette vie nomade et solitaire n'était pas du tout ce qu'elle aurait voulu pour lui.

— Laisse-moi sortir ma société de la mauvaise passe dans laquelle elle se trouve, et je serai à ton mariage.

— Tu sais que nous avons tous confiance en toi, n'est-ce pas ? Malgré les intox de ces sites de désinformation selon lesquels tu savais que cette femme cadre était victime de harcèlement… Nous savons bien que tu n'aurais jamais toléré ce genre de chose.

Comment l'avait-elle senti ? Diya venait juste de lui dire ce qu'il avait le plus besoin d'entendre…

— Alors fais le ménage, Dev. Et pointe-toi à mon mariage avec ton blason de milliardaire fraîchement redoré. Et, si tu pouvais venir accompagné, ce serait encore plus fantastique.

L'image de cheveux soyeux d'un beau brun chaud et de deux yeux bleus au regard vif plongés dans les siens pendant l'amour s'imposa si nettement à l'esprit de Dev qu'il en resta muet.

Diya émit un petit sifflement.

— Tu as rencontré quelqu'un ! Qui est-ce ? Que fait-elle ? J'ai hâte de le dire à Deedi…

— Personne d'extraordinaire, coupa-t-il, alarmé par l'enthousiasme de sa sœur.

Et aussitôt assailli de remords. Clare Roberts était quelqu'un de si extraordinaire qu'il ne s'en était pas encore tout à fait remis. Ces dernières semaines, il avait tenté de se convaincre qu'elle n'avait rien de plus que ses maîtresses d'une nuit habituelles, mais sans succès.

— Toujours adepte des liaisons passagères, si je comprends bien ?

— N'insiste pas lourdement.

Diya pouffa.

— D'accord. Mais ce sera à tes risques et périls si tu viens seul, tout beau et tout célibataire… Seema Auntie demande souvent de tes nouvelles.

Dev émit un grognement dépité. Seema Auntie était l'amie la plus chère de leur mère et l'entremetteuse la plus célèbre des deux côtés de l'Atlantique. Ambitieuse et mère de plusieurs filles, elle jetait son dévolu sur tous les beaux partis, sans discrimination. Il raccrocha rapidement, après avoir promis à Diya de la tenir au courant de ses projets.

Parler avec sa sœur le rendait toujours nerveux. Comme s'il se retrouvait au temps de son enfance malheureuse. Comme s'il n'avait pas accompli assez de choses. Comme si sa réussite était incomplète. C'était un sentiment qui revenait de plus en plus souvent. Aujourd'hui, il était aggravé par la trahison de l'homme qui avait eu toute sa confiance. L'homme qui mettait en péril l'entreprise qu'il avait bâtie au prix d'un travail acharné.

Avec un soupir, Dev contempla la vue sur le port de Santos, dont son yacht s'éloignait. Il s'était rendu dans la ville voisine de São Paulo, mais il ne restait jamais plus d'un mois quelque part. Ses articles de sport étaient fabriqués dans le monde entier, et il préférait ne pas se fixer dans un endroit précis.

Il n'avait pas envie de rater le mariage de Diya. Par

conséquent, il fallait accélérer l'opération visant à redorer l'image de sa société. Pas question de se présenter devant son père avec une affaire de harcèlement sexuel sur le dos. Il arriverait avec un blason tellement redoré que même son père en serait ébloui. De préférence avec une femme superbe et brillante au bras, au moins pour tenir Seema Auntie à distance. À cette pensée, son esprit fut de nouveau assailli par le visage de la femme qu'il tentait de chasser de ses pensées depuis trois semaines.

La nuit qu'ils avaient passée ensemble avait été marquée par une entente exceptionnelle, mais le lendemain matin il avait eu une attitude pour le moins détestable. Ce souvenir était encore plus cuisant après toutes les horreurs publiées au cours des trois dernières semaines sur sa société et sur lui-même en tant que responsable de toutes les dérives. Le play-boy milliardaire qui traitait les femmes avec beaucoup moins d'égards que ses articles de luxe.

C'était justement à son réveil après cette nuit torride qu'il avait découvert que sa société faisait l'objet d'un buzz désastreux dans tous les médias. Il venait à peine de se dégager des bras et des jambes encore tout chauds de cette créature de rêve quand il avait allumé son téléphone et trouvé les centaines de messages de son service de communication et du conseil d'administration. La femme cadre qui avait été non seulement harcelée mais aussi poussée à la démission avait donné une interview devenue virale en l'espace de quelques heures.

Un désastre absolu. Consterné de ne pas avoir vu ce qui se passait sous ses yeux, Dev avait immédiatement lancé une enquête interne, puis licencié l'auteur du harcèlement moins de vingt-quatre heures plus tard. Et, bien sûr, il avait offert à la victime de la réintégrer immédiatement dans l'entreprise. Mais c'était loin d'être suffisant.

Il avait commis des erreurs impardonnables. Entièrement concentré sur le lancement du prochain produit, sur l'obtention du prochain contrat à un milliard de dollars, il avait négligé ses responsabilités envers les gens qui travaillaient pour lui. Leur mère s'était pourtant efforcée d'inculquer à ses quatre enfants un précepte essentiel.

Les privilèges et le pouvoir imposaient des devoirs. Des responsabilités.

Il n'avait pas assumé les siennes envers ses employés. Et les solutions qu'il avait déjà mises en œuvre ne suffiraient pas à rétablir la réputation de sa société. C'était là que Clare Roberts était censée intervenir.

Dev arpentait son yacht vide avec perplexité. Pourquoi avait-elle disparu sans lui avoir parlé ? Alors qu'elle avait insisté auprès de sa secrétaire pour obtenir un rendez-vous ce soir même. Quand était arrivé le premier message précisant que la directrice de l'agence de communication London Connection souhaitait le rencontrer, il avait fait des recherches.

L'autre nuit, ils n'avaient échangé que leurs prénoms. C'était donc avec surprise qu'il avait reconnu son visage sur le site de l'agence. Il s'était d'abord demandé si elle envisageait de prolonger leur… association. Certes celle-ci avait été fantastique, mais ce n'était vraiment pas le moment pour lui d'être distrait par une aventure passionnée. Cependant, il avait rapidement écarté cette hypothèse présomptueuse.

London Connection était une petite agence de relations publiques qui avait fait du chemin au cours des deux dernières années. Cette société, dirigée par des femmes et réputée pour être une des plus dynamiques de son secteur, comptait plusieurs marques prestigieuses dans son portefeuille de clients. Elle était également connue pour son engagement dans l'humanitaire et pour ses initiatives en faveur de l'entrepreneuriat féminin.

C'était le genre de société dont il avait besoin pour rétablir la réputation d'Athleta. De toute évidence, Clare avait fait le même raisonnement.

Dans ce cas, pourquoi avoir disparu avant qu'il ait eu l'occasion de la saluer ? Pourquoi avoir pris l'avion pour São Paulo depuis New York, puis être venue jusqu'au port de Santos pour finalement quitter son yacht sans avoir échangé un seul mot avec lui ? Dev finit son verre et entra dans son dressing. Après l'appel de Diya et ce rendez-vous manqué avec cette femme, il était à cran… Il devait aller nager. Déjà quand il était enfant c'était ce qui l'aidait à surmonter la frustration dont il ne pouvait pas parler à ses parents. Dans l'eau il se sentait libre, comme s'il pouvait communiquer avec des mouvements plutôt qu'avec des mots. Et plus tard, quand il avait été envoyé à l'école militaire, c'était encore la natation qui l'avait sauvé.

Après avoir enlevé sa chemise, il était sur le point de prendre une serviette propre quand il distingua le reflet d'un tissu vert émeraude au-delà des multiples rangées de costumes. Il était pourtant certain de ne rien posséder de cette couleur. En revanche, il se souvenait avoir remarqué que la soie émeraude mettait en valeur les fesses délicieusement rondes de Clare…

Il contourna les rayonnages de vêtements et se figea, stupéfait. Puis tour à tour furieux, désenchanté, amusé même, l'espace d'un instant, et enfin totalement incrédule.

Que faisait-elle là ? Pelotonnée dans le siège situé sous la fenêtre, son sac à main blanc pressé contre sa joue… elle dormait. Le visage entouré d'un halo de cheveux ébouriffés. Une boucle soyeuse se soulevait à chacune de ses expirations. Sa bouche rose – peut-être un peu trop grande pour son visage délicat – était entrouverte.

Il tendit la main et secoua doucement son épaule.

Il ne voulait surtout pas d'un problème avec une autre femme – une intruse qui se cachait dans son dressing, certes, mais aussi une femme avec qui il avait couché… et qu'il n'avait pas réussi à oublier.

# 2.

C'était un beau rêve.

Un rêve coquin. Juste ce dont elle avait besoin pour échapper à la réalité cauchemardesque de sa vie. Gros plan sur les fesses d'un homme. Des fesses d'athlète, rondes et fermes. Très appétissantes… Clare se délectait. Ces fesses étaient celles de Dev Kohli, également pourvu d'épaules larges, d'un sourire charmeur, d'un regard d'une douceur surprenante. Et d'autres attraits encore plus…

Un juron retentissant et une main sur son épaule firent éclater le rêve de Clare comme une bulle de savon. Ankylosée, elle se redressa tant bien que mal et leva les yeux. Pour rencontrer le regard meurtrier de Dev Kohli. Enfin, pas tout à fait meurtrier mais pas loin.

Elle déglutit péniblement. S'était-elle vraiment endormie dans le dressing de Dev Kohli ? Ce n'était pas du tout ainsi qu'elle avait envisagé de reprendre contact avec lui ! Elle avait prévu d'attendre la fin de la fête et de remonter sur le pont pour lui présenter son cas de manière rationnelle…

Il s'écarta vivement d'elle comme si elle avait été démente. Comment lui en vouloir de la prendre pour une folle ? S'il était possible de brûler de honte, elle ne serait plus qu'un petit tas de cendres sur le somptueux tapis.

— Vous pouvez m'expliquer ce que vous faites ici ? demanda-t-il d'une voix glaciale. Ou dois-je appeler la sécurité ?

Elle se massa les tempes.

— Je suis vraiment désolée, monsieur Kohli.

C'était incroyable… Elle avait beau avoir la migraine et mourir de faim, la proximité de cet homme faisait courir des frissons le long de son épine dorsale.

— Pourquoi êtes-vous ici, *mademoiselle Roberts* ?

— Je vous promets qu'il n'est pas dans mes habitudes de m'introduire en cachette dans les cabines des hommes. J'ai eu une journée particulièrement horrible et j'ai juste… Je n'arrive pas à croire que je me sois endormie. Je pense que c'est votre parfum, dit-elle en montrant les rangées de chemises Armani.

— Je ne comprends rien à ce que vous dites.

— J'avais peur pour ma vie. Et votre parfum… je crois qu'il m'a donné le sentiment d'être en sécurité. Parce qu'il est familier. Vous savez, après cette nuit où…

Elle se mordit la lèvre.

— Je ne réussis qu'à aggraver ma situation, n'est-ce pas ?

— Avec chaque fable que vous inventez pour justifier cette intrusion, oui. Vous l'aggravez terriblement.

— Je ne mens pas.

— J'en doute beaucoup.

Ce fut le mépris dans la voix de Dev qui lui fit perdre son calme familier.

— Qu'est-ce que vous croyez ? Que vous êtes irrésistible au point qu'aucune femme ne peut s'empêcher de se jeter dans vos bras ? Qu'elles feraient toutes n'importe quoi pour avoir accès à votre corps de rêve ?

*Ça alors, tu fais très fort !* Clare entendit dans son esprit le rire admiratif d'Amy. Le visage en feu, elle se prépara au pire. Il allait la jeter à la mer par la fenêtre sous laquelle elle s'était réfugiée. Que lui avait-il pris ? C'était le choc. Oui, elle était en état de choc. Il n'y avait pas d'autre explication.

Tout à coup, le silence stupéfait fut rompu par le rire de Dev. Un rire éclatant qui lui fit chaud au cœur. Quel soulagement ! Et comme il était beau quand il riait ! Encore plus beau. Si c'était possible… Mais ce n'était pas le moment de le dévorer des yeux.

— Ce n'est pas ce que j'avais l'intention de dire.

— Bien sûr. Mais c'est sans doute ce que vous avez dit de plus sincère à l'instant, non ?

Elle ne parvint pas à sourire.

— Laissez-moi juste une minute pour me ressaisir, s'il vous plaît. Je vous expliquerai tout calmement. Et ensuite…

Elle déglutit péniblement, l'estomac noué.

— Si vous voulez toujours me chasser, il vous suffira de me jeter à la mer. Ce sera sans doute plus sûr pour moi, de toute façon.

— Deux minutes, répliqua-t-il avant de disparaître.

Il revint presque aussitôt avec une bouteille d'eau gazeuse entamée qu'elle prit avec reconnaissance. Pendant qu'elle buvait, il ne la quitta pas des yeux. Quand elle l'eut terminée, elle tripota la bouteille vide un instant, puis elle s'éclaircit la voix.

— Manquer de professionnalisme n'est pas dans mes habitudes. J'ai vraiment eu une très mauvaise journée, monsieur Kohli…

— Dev.

— Pardon ?

La mâchoire de Dev Kohli se crispa.

— Il est ridicule de continuer à m'appeler monsieur Kohli alors que tu t'es introduite dans mon yacht, et dans ma cabine en plus. Ridicule de continuer à nous vouvoyer comme si nous ne nous connaissions pas. Alors que nous sommes loin d'être des étrangers l'un pour l'autre.

— Cette nuit-là n'a rien à voir avec… maintenant.

Au moins sa voix était ferme. C'était déjà ça. Parce que son cœur, lui, était complètement affolé…

Dev arqua un sourcil narquois.

— J'ai beaucoup de mal à croire ça.

Hérissée, elle redressa les épaules.

— Si vous… Si tu t'imagines que je suis restée à bord pour que nous…

Elle sentit son visage s'enflammer de nouveau et elle se maudit.

— Si tu t'imagines ça, tu te trompes du tout au tout.

— Vraiment ?

— Oui. Cette nuit était… sans suite. Je n'ai pas insisté auprès de ton assistante pour obtenir ce rendez-vous dans le but de t'attendre dans ta chambre. Je ne suis pas une obsédée sex…

— Alors pourquoi es-tu ici ? coupa Dev d'un ton vif.

— Tu as besoin de moi. Voilà pourquoi.

Il la regarda d'un air interdit.

— Pardon ?

Elle réprima une moue de dérision. Si elle n'avait pas été dans une situation impossible qui mettait sa vie en péril, elle aurait sans doute trouvé hilarante l'indignation qui se lisait sur le visage de Dev.

— Moi, j'ai besoin de toi ? répéta-t-il en se passant la main dans les cheveux.

— De ce que ma société peut faire pour toi, plus exactement. Ce soir, nous étions censés avoir un rendez-vous d'affaires.

— C'était ce que je croyais, moi aussi. Écoute, Clare, après ce qui vient d'arriver dans ma société, je ne veux surtout pas brouiller la frontière entre travail et plaisir. J'aurais dû refuser ce rendez-vous dès que j'ai pris conscience que nous avions couché ensemble.

Il pointa lentement son doigt vers elle puis vers lui.

— Ça, c'est fini.

Sur ces mots, il tourna les talons.

Pendant quelques secondes Clare resta clouée sur place. Elle n'avait jamais été rejetée de manière aussi irrévocable. En tout cas, pas depuis qu'elle avait créé London Connection et qu'elle s'était fait un nom dans le secteur des relations publiques.

Après la froideur avec laquelle sa tante l'avait accueillie quand son père l'avait déposée à cinq ans sur son seuil comme un bagage encombrant, Clare s'était endurcie. Jour après jour elle avait surmonté sa souffrance et consacré toute son énergie à réussir à l'école puis à conquérir son indépendance en obtenant une qualification professionnelle. Jour après jour, elle s'était cuirassée contre l'indifférence de sa tante.

Pourtant, malgré sa carapace, l'attitude de Dev lui infligeait une blessure cuisante. Peut-être parce qu'il était le seul homme avec qui elle avait baissé la garde. Peut-être parce qu'elle voulait voir de l'admiration et du respect dans ses beaux yeux marron plutôt que du mépris. Après avoir été abandonnée par son père, elle n'avait aucune envie de courir après un autre homme pour qui elle ne représentait rien.

La déception de Clare fit place à une colère bienvenue. Sans réfléchir elle s'élança en avant et posa la main sur une épaule musclée. Une décharge électrique la fit tressaillir, et elle retira aussitôt sa main. Quand Dev se retourna, elle s'efforça d'ignorer à la fois sa mine renfrognée et les frissons qui la parcouraient.

— Écoute, Dev, je sais que ça paraît louche, d'accord ? Mais j'avais une bonne raison d'empiéter sur ton espace vital en restant à bord. Quitter ton yacht m'aurait exposée à un grave danger. Si tu peux m'accorder juste quelques minutes, je t'expliquerai tout.

— Je ne suis pas sûr que…

— J'ai fait un pari en venant te voir. Je me suis fiée à mon instinct au lieu d'écouter ce que tout le monde dit de toi en ce moment. Accorde-moi au moins l'occasion de te parler.

— Explique-toi. Pourquoi parles-tu d'un pari ? demanda-t-il comme si c'était ce qu'elle avait dit de plus scandaleux.

— J'ai insisté pour te rencontrer alors que le monde

entier te voit comme un monstre de sexisme sans scrupule, dont l'entreprise représente un environnement de travail toxique pour les femmes. Parce que j'estime qu'il faut te laisser une chance de te défendre contre ces accusations.

— Tu veux dire que tu es venue par altruisme dans l'intention de voler à mon secours ? ironisa-t-il avec la vague esquisse d'un sourire.

Elle haussa les épaules.

— Par altruisme, non. Je veux que ma société soit chargée des relations publiques d'Athleta de ce côté de l'Atlantique. Je veux un bon gros contrat qui permettra à London Connection de se faire connaître aux États-Unis. Ce sera un arrangement mutuellement profitable.

À peine eut-elle prononcé ces mots que Clare se maudit. Elle aurait pu choisir une autre formulation ! La nuit où ils avaient couché ensemble elle lui avait proposé un « arrangement mutuellement agréable »… et, à en juger par la lueur qui venait de s'allumer dans ses yeux, il s'en souvenait aussi bien qu'elle.

Après des mois à le désirer de loin, elle avait fini par prendre l'initiative à la cérémonie de remise des prix des Créatrices d'entreprises. Auparavant ils s'étaient croisés deux ou trois fois dans des soirées ou des conventions, mais il avait toujours une femme au bras. Jamais la même. Malgré ce détail, elle avait entendu dire que c'était un homme délicat et attentionné. Ce soir-là elle avait gagné un prix et elle était euphorique. En allant chercher un verre au bar, elle était tombée sur lui, et il l'avait chaleureusement félicitée.

— Vous ne savez pas qui je suis, n'est-ce pas ? avait-elle demandé en riant. Ni pourquoi j'ai gagné ce prix.

Il avait hoché la tête.

— En effet, désolé. Ils distribuaient ces prix plus vite que les flûtes de champagne rosé.

Elle lui avait tapoté l'épaule avec sa pochette.

— Hé, le mien c'était une médaille en or. Les autres n'étaient qu'en argent.

— Oui bien sûr, ça signifie que vous êtes meilleure que les autres.

Ce charmeur invétéré avait battu des cils. Or il les avait ridiculement longs pour un homme. Et ses yeux marron étaient splendides. La main sur le cœur, il s'était incliné avec un sourire malicieux.

— Non que le prix ne soit pas mérité. C'est juste que j'ai eu une longue semaine et que là tout de suite les détails sont un peu flous.

— Ah… du moment que vous ne me voyez pas en multiples exemplaires, avait-elle plaisanté le cœur battant alors qu'un serveur passait à proximité avec un plateau chargé de flûtes de champagne.

Il avait plongé son regard dans le sien.

— Pourquoi ai-je le sentiment qu'il serait encore plus délicieux de vous avoir en multiples exemplaires ?

Elle avait senti ses joues s'enflammer.

— Et si vous tentiez de vous faire pardonner de vous être moqué de mon prix ?

Il avait vidé sa flûte puis il avait scruté son visage d'un regard devenu pénétrant et songeur. Moins malicieux et plus… curieux. Et même admiratif. Ce qui l'avait électrisée.

— Je ne me rappelle pas le nom de votre société. Mais j'ai bien entendu l'animateur quand il a dit que vous étiez une femme à l'esprit d'initiative. Une femme qui a construit sa propre voie malgré des débuts difficiles. Personne ne peut vous enlever ça, n'est-ce pas ?

— Non, en effet. Ayant l'esprit d'initiative vous-même, vous savez également qu'il faut exploiter au maximum toutes les occasions. Comme je sais qui vous êtes et que vous ignorez tout de moi, j'ai l'avantage sur vous pour l'instant.

— Vous êtes assoiffée de sang, avait-il murmuré en se penchant encore plus près d'elle.

En proie à une excitation qu'elle n'avait jamais éprouvée, elle avait arqué un sourcil provocant.

— Ça vous fait peur ?

Autre sourire à couper le souffle.

— Au contraire, j'ai un faible pour les femmes assoiffées de sang qui savent ce qu'elles veulent.

— Et donc ?

— Et donc, vos désirs sont des ordres.

— Dansez avec moi, avait-elle dit effrontément.

À sa grande joie, il l'avait prise par la main et l'avait entraînée sur la piste de danse. Il lui avait posé des questions sur le projet qui lui avait valu le prix. Sur les femmes qui occupaient des postes importants et les obstacles qu'elles rencontraient pour s'élever dans la hiérarchie d'une entreprise.

La tenant fermement par la taille, il avait écouté ses réponses avec un intérêt manifeste. Elle ne s'était jamais sentie aussi valorisée. Une femme dont la réussite professionnelle était reconnue et qui faisait bonne impression à un brillant self-made-man. Un homme capable de rire de lui-même. Et de reconnaître qu'il avait tort, apparemment.

Grisée par son succès et résolue à vérifier si l'attirance qu'elle éprouvait pour lui était partagée, elle avait noué les bras sur la nuque de Dev. Puis, incapable de réprimer le désir qui la consumait, elle lui avait demandé sans détour :

— Que diriez-vous d'aller plus loin ?

Elle avait senti ses doigts se resserrer imperceptiblement sur sa taille, et une petite flèche de plaisir l'avait transpercée.

— Jusqu'où exactement ?

— Jusqu'à la fin de la nuit.

Pendant quelques secondes qui avaient duré une éternité, il était resté silencieux. Elle avait eu le sentiment d'être au bord d'une falaise aux confins de la Terre, prête à sauter dans l'inconnu avec cet homme.

— Sans engagement ? avait-il fini par demander en arquant un sourcil.

Elle avait répondu avec un large sourire.

— Sans engagement.

Il n'avait pas été nécessaire d'en dire plus. Du moins jusqu'à ce qu'il l'emmène dans sa suite, où il n'avait pas cessé de l'interroger sur ses envies. Quoi, où, quand, comment… Ses désirs avaient été des ordres. Littéralement.

Elle ne regrettait rien. Pas même maintenant, sous son regard soupçonneux. Ils avaient passé ensemble une nuit fabuleuse. Il avait été à la fois doux, attentionné, fougueux et drôle… l'homme parfait. Exactement ce dont elle avait besoin. Voilà pourquoi elle était aussi troublée par sa proximité. Il n'était pas facile de dissocier l'amant fantastique de l'étranger méfiant. Parce que, malgré la lueur suspicieuse dans ses yeux marron, le souvenir de cette nuit partagée flottait dans l'air autour d'eux. Comment ne pas penser au contact délicieux de son corps musclé contre le sien, à la douceur de sa peau, à l'habileté de ses caresses diaboliques ? Une vive chaleur envahit Clare, mais elle s'efforça de l'ignorer. Tout ça, c'était fini. Ce qui comptait à présent, c'étaient les affaires.

— Pourquoi es-tu prête à m'aider ?

Ça, elle pouvait l'expliquer sans la moindre hésitation.

— Parce que j'ai vu à quel point tu étais bouleversé quand tu as consulté ton téléphone ce matin-là. Tu étais horrifié que quelque chose d'aussi épouvantable ait pu arriver sous ton nez.

Même si elle avait été blessée par sa froideur à son égard, elle avait vu sur son visage qu'il était dévasté.

Devant son air interloqué, elle roula les yeux.

— Pendant les quelques minutes qui se sont écoulées avant que tu me jettes dehors, je veux dire.

— Je ne t'ai jamais jetée dehors. Je t'ai dit que je m'en allais.

— Nous étions dans ta suite, rétorqua-t-elle d'un ton vif.

Puis elle prit une profonde inspiration avant d'ajouter :

— Après que je t'ai demandé d'une voix pathétique si j'avais fait quelque chose qui t'avait déplu.

Elle ignora le feu qui se répandait sur son visage et son cou.

— Tu m'as répondu que ça avait été « agréable », mais que c'était terminé.

Dev passa la main sur son visage, visiblement embarrassé.

— Le fait est que… pendant quelques minutes, avant que tu remettes en place ton masque de play-boy milliardaire blasé, j'ai vu à quel point tu étais secoué. Ensuite, j'ai suivi l'affaire dans les médias. Pas une seule fois, quand tu t'es exprimé publiquement, tu n'as tenté de nier tes responsabilités. Tu as toujours reconnu qu'en tant que P-DG de l'entreprise tu avais manqué à tes devoirs envers ton employée. C'est ce qui m'a convaincue qu'il fallait te donner une chance de renverser la situation.

— Et c'est toi qui devrais le faire ?

En affaires, Clare ne doutait jamais d'elle-même. Elle avait créé sa société pour être la meilleure.

— Ton agence de relations publiques actuelle est nulle. Je peux faire bien mieux. London Connection est réputée pour ses prestations de conseil permettant aux entreprises d'accélérer la féminisation des postes à responsabilités et de lutter contre le harcèlement sous toutes ses formes.

— Quels avantages tirerais-tu de cette collaboration ?

— L'implantation d'une filiale aux États-Unis ? La consolidation de notre réputation ? Choisis.

Une lueur d'irritation s'alluma dans les yeux de Dev.

— Je n'ai pas besoin de tes conseils pour régler mon problème.

— Non, en effet. Je crois que tu as déjà mis en place plusieurs mesures.

— Comment le sais-tu ?

— Comme je te l'ai dit, depuis ce matin-là je garde en permanence un œil sur toi. Tu as engagé une agence indépendante pour revoir l'organisation des ressources humaines. Trois femmes ont déjà été promues à des postes plus importants. Par ailleurs, tu as chargé une agence de conseil en diversité et égalité de réaliser un audit privé de ton conseil d'administration.

Clare soutint le regard de Dev, qui arquait de nouveau un sourcil. Elle avait peut-être commencé cet entretien avec maladresse, mais professionnellement elle avait toujours été à la hauteur.

— Mais tu as quand même besoin de moi pour présenter la situation sous un jour favorable. Pour convaincre tout le monde, surtout les femmes, qu'Athleta ne renouvellera jamais ce genre d'erreur. En d'autres termes, je soulignerai la pertinence et l'efficacité des mesures que tu as mises en place. N'est-ce pas dans ce but que tu as accepté de me voir, Dev ?

Il s'appuya contre une cloison, l'air songeur.

— Je reconnais l'exhaustivité du travail de documentation.

Elle haussa les épaules.

— Mais tu ne me fais toujours pas confiance ?

— Ce n'est pas toi le problème.

Elle attendit patiemment. Si elle décrochait ce contrat, ce serait une excellente nouvelle pour London Connection. D'un point de vue financier, mais aussi pour la réputation de l'agence. Sans compter qu'en ce moment elle cherchait un refuge. Au sens propre.

Quand Dev reprit la parole, ce fut d'un ton crispé. De toute évidence, le stress qu'elle avait vu sur son visage trois semaines plus tôt ne l'avait pas encore quitté.

— L'homme qui a harcelé Mlle Lane et l'a poussée à la démission, je le connais depuis quinze ans. C'est lui qui m'a conseillé quand j'ai créé cette société. C'était un de mes principaux investisseurs. Je… j'ai délégué une grande partie des opérations courantes à lui et à l'équipe qu'il a amenée avec lui. Des huiles pour la plupart.

« Si bien qu'ils avaient un pouvoir beaucoup trop important. Illimité, même. Parce que j'étais trop obnubilé par le prochain contrat, le prochain produit. Si on m'avait posé la question il y a un mois, j'aurais donné ma tête à couper qu'il n'abuserait jamais de son pouvoir avec une femme… ni avec personne. Jamais. C'est pourtant ce qu'il a fait. Alors qu'il travaillait pour moi. »

Un juron échappa à Dev.

— En ce moment il est très difficile pour moi d'accorder ma confiance. À qui que ce soit. Il…

— Il t'a fait douter de ton propre jugement. Tu ne te fais même plus confiance à toi-même. Tu n'es pas certain de ne pas avoir commis d'autres erreurs. Et tu n'arrives pas à comprendre comment tu n'as rien vu de ce qui se passait sous tes yeux.

— Tu as aussi un diplôme de psychologie, Clare ?

Une lueur d'admiration s'était allumée dans les yeux de Dev, et malgré sa frustration manifeste une note malicieuse perçait dans sa voix.

— Ou bien déduis-tu tout ça de mon expression ?

Elle rit. Il était plus facile d'éluder la question par un rire avant que la souffrance s'installe. Avant qu'elle soit obligée d'analyser tout ce que cela signifiait et comment cela sapait les fondements mêmes de sa vie.

— Non, pas de diplôme de psychologie. Juste une grande expérience. Et je te répète que je ne me suis pas cachée dans ta chambre dans l'intention de coucher de nouveau avec toi. Si je me suis imposée à bord de ton bateau, c'est parce que je crains pour ma vie.

— Très bien. Je vais demander au capitaine de nous ramener au port, et de ton côté tu vas m'expliquer cette déclaration pour le moins étrange.

— Pourquoi retourner au port ? s'exclama-t-elle, de nouveau affolée.

— Je suis en route pour Rio de Janeiro, et ensuite je

vais dans ma villa dans les Caraïbes. Je suis sûr que tu n'as aucune envie d'être bloquée là-bas loin de tout avec moi pendant plusieurs semaines.

— Au contraire, je tiens absolument à être coincée dans une villa loin de tout dans les Caraïbes avec toi. En fait, c'est même une solution inespérée à tous mes problèmes.

— Alors tu reconnais que tu voulais être coincée avec moi ?

Elle soupira.

— Pas coincée avec toi dans un décor romantique, mais coincée sur une île où le parrain de la Mafia et ses joyeux sbires ne pourront rien contre moi. Pendant la soirée, je t'ai entendu dire que tu allais naviguer durant quelques semaines. C'est pour ça que je suis restée à bord clandestinement.

La méfiance était revenue dans le regard de Dev. Comment le blâmer ? Clare fut assaillie par une rancœur familière. Elle avait travaillé sans relâche pendant des années et construit sa vie de façon à n'avoir besoin de personne. En une seule manœuvre, son père avait réduit à néant tout ce qu'elle avait accompli. Elle allait avoir l'air d'une crétine bonne à enfermer.

— J'attends tes explications, déclara Dev d'un ton impérieux. Et arrête de tourner autour du pot. Explique-toi clairement.

— Clairement, d'accord. Eh bien voilà… Je voudrais que tu me kidnappes.

Il roula les yeux.

— Cette fois, il n'y a plus aucun doute. Tu as perdu la tête.

— Non.

Elle laissa échapper un petit rire nerveux.

— Je suis la légendaire damoiselle en détresse, coincée dans un de ces contes de fées que j'aimais tant. Mais, quand on dépend de quelqu'un pour être sauvée, ça n'a rien de drôle, crois-moi, dit-elle avec amertume. Je suis obligée de me cacher avec toi jusqu'à ce que je trouve une solution pour éviter d'être mariée de force à un parrain de la Mafia. Cruelle ironie pour quelqu'un qui a toujours défendu l'émancipation des femmes, non ?

# 3.

Dev vit des larmes briller dans les yeux de Clare. Mais, comme un mirage dans le désert, leur éclat disparut quand il se rapprocha d'elle malgré sa résolution de la traiter comme une simple relation d'affaires. Sans le léger tremblement de ses lèvres pulpeuses, il aurait pu croire qu'il avait imaginé ces larmes. Et sans la peur palpable qui irradiait d'elle – et qui lui donnait envie de la prendre dans ses bras – il l'aurait traitée de folle et il l'aurait chassée de son yacht, même en pleine mer.

Mais, malgré ses doutes sur sa capacité à juger les gens, il avait tendance à croire qu'elle disait la vérité. Ou ce qu'elle pensait être la vérité. Il tendit la main puis se ravisa. Non, ce n'était pas une bonne idée. Ils devaient l'un et l'autre se ressaisir après cette étrange rencontre, dans son dressing pour tout arranger…

— Si nous poursuivions cette discussion ailleurs ?

Elle lui lança un regard méfiant.

— Tu sembles avoir besoin d'un verre, ajouta-t-il d'une voix douce. Moi, en tout cas, j'ai besoin d'en boire un après avoir été sermonné par ma jumelle.

— Oh ! tu as une sœur jumelle ?

— Oui. Elle mène tout le monde à la baguette et elle se marie dans un mois. Elle vient de me prévenir qu'elle m'interdira de voir mes éventuels neveux et nièces si je ne vais pas à son mariage. Par conséquent, le délai dont je dispose pour redorer mon image vient de se réduire encore plus.

— Parce que tu ne veux pas que ce scandale perturbe l'atmosphère du mariage ?

— Non, parce que je ne peux pas y aller si… Peu importe pourquoi. Il est juste important de rétablir la réputation de ma société avant le mariage. Du moins si je veux y assister. Et puis je préférerais que nous ne restions pas dans mon dressing, moi à moitié nu et toi toute décoiffée. J'ai plutôt confiance dans mon équipage, mais on ne peut jamais être absolument sûr de la loyauté des gens quand un ragot croustillant permet de rapporter gros.

Clare resta bouche bée.

— Tu penses que quelqu'un pourrait raconter à la presse que tu m'as séquestrée à bord de ton yacht pour abuser de moi ?

Il eut une moue de dérision.

— Cette perspective semble te réjouir.

— Ça me réjouirait si j'étais consentante.

Le regard de Clare devint rêveur.

— Serait-ce un de tes fantasmes, Clare Roberts ? demanda-t-il d'un ton moins sérieux qu'il ne l'aurait voulu.

Devant le regard gourmand qu'elle promena sur son torse, il réprima un soupir. De toute évidence, elle n'avait pas conscience du pouvoir érotique de son désir flagrant pour lui. Il n'aurait jamais dû accepter sa proposition, l'autre soir. C'était de la pure folie. Mais bon, en plus d'être incroyablement sexy elle avait été si directe qu'il l'avait trouvée irrésistible…

Clare Roberts – malgré ses efforts pour jouer les femmes fatales – était la candeur incarnée. Le genre qu'il fuyait d'ordinaire comme la peste.

— Clare ?

Il s'éclaircit la voix. Ce désir qu'elle lui inspirait, il

allait falloir s'habituer à vivre avec. Parce qu'il n'était pas question d'y céder de nouveau.

— Oui ? dit-elle d'un air distrait, le regard toujours rêveur.

— Ce n'est peut-être pas le moment de vivre un de tes fantasmes ?

Il prit conscience qu'il souriait malgré lui. À vrai dire, discuter avec elle était très plaisant. Il y avait longtemps qu'il ne s'était pas amusé à ce point.

— Toutefois, tu pourrais avoir envie de vérifier mon niveau d'intérêt une fois que nous aurons fini de discuter affaires ?

Elle le foudroya du regard.

— Tu crois vraiment que je suis en train de fantasmer sur toi en espérant que tu vas me kidnapper ?

Il haussa les épaules en riant.

— Le kidnapping n'a rien de répréhensible si nous sommes tous les deux consentants, non ? Et qui suis-je pour m'opposer au fantasme d'une femme ? Après tout, c'est toi qui es devenue rêveuse à cette idée.

— J'y réfléchissais comme à une histoire qui pourrait être habilement exploitée à ton avantage. Je n'étais pas en train de fantasmer sur toi !

— Voilà qui me remet à ma place… Quant à exploiter une histoire de ce genre, oublie ça, Clare. Je ne souhaite vraiment pas attirer l'attention sur ma vie amoureuse. Surtout avec un kidnapping à la clé !

— Mais si ça sert mes intérêts ?

— Ça ne sert pas les miens, rétorqua-t-il fermement.

De toute évidence, elle était sérieuse. Mais qu'avait-elle en tête exactement ?

— Tu veux ce contrat avec ma société, ou bien des histoires croustillantes à notre sujet dans les médias ?

— Je veux les deux.

Il plissa le front. Aurait-il fait confiance trop vite à cette femme ?

— Je crois que tu ferais mieux de me dire d'abord pour quelle raison tu es ici. Tout le reste peut attendre.

Il la vit inspirer profondément.

— J'ai un parrain de la Mafia à mes trousses. Son homme de main était ici, à bord de ton yacht, ce soir. Il me surveillait. C'est pour ça que j'ai été obligée de jouer à cache-cache dans ton dressing.

— Quoi ?

C'était invraisemblable ! Pourtant, la peur qui se lisait dans les yeux bleus ne pouvait pas être feinte…

— C'est le même qui faisait le guet devant mon bureau à Londres. Ensuite je l'ai vu à New York, où j'ai assisté à une conférence. Et enfin ici. Quand je l'ai repéré ce soir sur le pont, il a fallu que je me cache.

Un tremblement secoua Clare.

— Je suis désolée de t'imposer ça alors que tu as tes propres problèmes, mais je n'avais pas le choix. Je suis dans une situation vraiment épineuse.

— Je sais de quel homme tu parles. Je l'ai signalé à mon chef de la sécurité quand je l'ai vu t'aborder. Il ne figurait pas sur la liste des invités. Quand j'ai vérifié de nouveau, il avait disparu.

Elle hocha la tête.

— J'ai reçu un appel de son patron ce soir quand je suis arrivée ici. Il m'a dit qu'il allait m'avoir quoi qu'il arrive. Que personne ne l'arrêterait parce que je lui appartenais.

— Tu es en sécurité ici. Mon équipe l'a fait descendre du yacht.

— Je suis en sécurité pour l'instant, corrigea-t-elle.

— Pourquoi est-il à ta poursuite ?

Elle baissa les paupières.

— J'ai accepté de l'argent de la part d'un homme à qui je n'aurais pas dû faire confiance.

— Tu as emprunté de l'argent à un parrain de la Mafia ? s'exclama-t-il sans cacher son incrédulité. Pourquoi ?

Elle s'empourpra.

— C'était… une mauvaise décision. J'étais impatiente de créer ma société. Je ne me suis pas assez méfiée.

— Attends, tu as emprunté de l'argent en t'offrant toi-même en garantie ? Comment une femme spécialiste des relations publiques peut-elle ne pas comprendre ce qu'elle signe ?

— S'il te plaît ne te base pas là-dessus pour juger mon efficacité. Disons juste que je me suis fait piéger. Ce ne sont pas les conditions qui étaient prévues quand j'ai accepté l'argent. J'étais tellement soulagée de disposer d'un capital de départ pour créer mon entreprise. Je…

Elle se massa la tempe, le regard fuyant.

— Peu importe pourquoi ou comment c'est arrivé, d'accord ? Maintenant cet homme estime que je lui appartiens.

Décidément, Clare Roberts était une combinaison étonnante d'innocence et de sophistication, avec une bonne mesure de stupidité… Ou bien était-il urgent pour elle de démarrer son activité ? De devenir indépendante ? De se prouver ce qu'elle valait ?

Ces besoins impératifs, il pouvait les comprendre. Ils lui étaient familiers depuis très longtemps.

— Il me faut juste un peu de temps pour réfléchir à un moyen de m'arracher à ses griffes. Et un refuge où lui et ses sbires ne pourront pas m'atteindre. Je n'ai vraiment aucune envie de devenir le trophée d'un mafieux qui prendra un plaisir pervers à me punir en me prêtant à ses lieutenants selon sa fantaisie.

Dev réprima un sourire.

— Comment sais-tu qu'il est susceptible de faire ça ?

Elle détourna les yeux, visiblement embarrassée.

— J'ai regardé une série dont le personnage principal faisait ça. Un goût immodéré pour l'heroïc fantasy et les contes de fées n'est pas exactement ce qu'on pourrait attendre d'une chef d'entreprise censée être pragmatique, n'est-ce pas ?

— Nous avons tous nos plaisirs coupables, Clare.

— Comme toi avec ton défilé continu de partenaires sexuelles ?

Avant qu'il ait le temps de répliquer, elle secoua la tête d'un air contrit.

— Faisons comme si je n'avais pas dit ça. Et, non, je n'ai pas besoin que quelqu'un me vienne en aide. J'ai juste besoin de temps pour me venir en aide à moi-même. Alors ?

— Alors quoi ?

— Acceptes-tu de me garder à bord quelque temps ?

Dev étudia Clare. Avec ses cheveux ébouriffés et ses vêtements froissés, elle n'avait rien d'une chef d'entreprise. Et tout d'une source d'ennuis… De quoi lui filer une autre migraine. Mais il ne pouvait décemment pas la chasser. Pas après avoir vu l'homme dont elle lui avait parlé la lorgner d'un air cynique. Pas alors qu'elle tremblait littéralement de peur.

Il avait déjà manqué à son devoir envers une femme qui était sous sa protection. Le devoir qui lui tenait le plus à cœur. Défendre ceux qui ne pouvaient pas se défendre eux-mêmes. Ceux qui étaient jugés plus médiocres parce qu'ils ne correspondaient pas à une certaine définition de la norme. Enfant, il avait fait partie de cette catégorie et il n'avait eu personne pour le défendre. Personne pour comprendre ce qu'il ressentait, coupé du monde de l'écrit. Surtout après la mort de sa mère.

Comment pourrait-il abandonner Clare à son sort en sachant que sa vie était peut-être en danger ?

— Tout ce que je demande c'est un endroit où me cacher, ajouta-t-elle en soutenant son regard. Que tu m'engages ou pas pour rétablir ta réputation. Ça, tu le décideras en fonction de la proposition que je te présenterai.

Il fallait reconnaître qu'elle n'avait pas mis longtemps

à surmonter son émotion pour adopter une attitude plus constructive… Agréablement surpris, il répondit sans réfléchir :

— Très bien. Nous trouverons un moyen de te sortir de ce pétrin.

Il le regretta aussitôt. Que lui prenait-il de faire une promesse aussi ridicule ? Jouer les héros n'avait jamais été son fort. Le genre d'esbroufe dont son père était spécialiste l'avait toujours rebuté. Alors pourquoi avoir dit ça à Clare ?

Elle secoua la tête.

— Voyons, monsieur Kohli, ne faites pas de promesses que vous êtes incapable de tenir. Même quand je m'évade dans l'heroïc fantasy, je reste assez lucide pour ne pas me prendre pour l'héroïne. Pour ne surtout pas perdre le sens des réalités.

Heureusement elle semblait avoir beaucoup plus de bon sens qu'il ne lui en avait accordé au départ… Et elle parlait comme une femme qui n'avait jamais eu personne sur qui s'appuyer. Comme lui, en fait. Était-ce pour cette raison qu'elle l'attirait ?

— C'est un problème que je résoudrai moi-même. Comme je l'ai toujours fait, poursuivit-elle, confirmant son impression. Tout ce que je vous demande, monsieur Kohli, c'est de m'aider à gagner un peu de temps.

— Allons-nous vraiment redevenir « M. Kohli » et « Mlle Roberts » ?

— C'est plus prudent, vous ne croyez pas ? Surtout si vous êtes amené à devenir un de mes plus gros clients.

Il eut un large sourire. Il y avait dans ce retour soudain au vouvoiement quelque chose de très excitant…

— Vous craignez de ne pas être capable de résister à mon charme pendant que nous serons collés l'un à l'autre ?

Elle pouffa.

— Collés l'un à l'autre ? s'exclama-t-elle en ouvrant largement les bras. Sur votre yacht gigantesque ? Il est tellement énorme qu'on pourrait être tenté de penser que le propriétaire essaie de compenser un complexe…

Il fit un pas en avant. Un seul. Plusieurs mètres les séparaient encore, mais elle s'interrompit brusquement.

— Vous êtes déloyale, mademoiselle Roberts.

— Pourquoi ?

— Vous lancez des affirmations absurdes, que je ne peux pas réfuter sans déraper vers des allusions grivoises. Vous me provoquez en sachant que je ne peux pas entrer dans votre jeu. En d'autres termes, vous vous offrez une douce vengeance…

À sa grande satisfaction, elle s'empourpra et détourna les yeux.

— Parce qu'il est bien clair que ceci n'est pas une invitation à re…

— Oui, oui, je sais, coupa-t-elle en roulant les yeux. Je ne suis pas idiote. De toute façon, les play-boys frivoles, ce n'est pas mon…

— Tu viens de dire que j'étais frivole ?

Dans son indignation, il avait oublié leur petit jeu du vouvoiement. Elle l'abandonna, elle aussi.

— Ma présence risque-t-elle de te poser un problème ?

— Que veux-tu dire ?

Il réprima un soupir, soudain tendu. La perspective de cohabiter pendant une durée indéterminée avec cette femme – sans pouvoir savourer cette bouche délicieuse – était une véritable torture.

— As-tu d'autres passagers à bord ? Une petite amie ? Une ex ? Un groupe d'amis attendant de participer à une orgie ?

Il pinça les lèvres.

— Non. Personne à part l'équipage.

— Donc, dans l'immédiat, je ne vais pas être obligée de mettre en garde une pauvre jeune femme risquant d'être déçue au petit matin ?

— Pourquoi cette réflexion ?

— Parce que nous devons être très prudents sur le choix de ta prochaine petite amie. Pour éviter d'éventuelles représailles en cas de désillusion.

— Ah… si je comprends bien tu as été déçue par mon attitude du lendemain matin ?

Pourquoi ne pouvait-il pas s'empêcher de revenir là-dessus ? Il n'en avait aucune idée. Tout comme il ignorait pourquoi le souvenir de cette femme l'avait poursuivi pendant des semaines. Il fallait reconnaître qu'elle était courageuse parce qu'elle soutenait son regard, alors que le sien ne laissait aucun doute. Elle n'avait pas besoin de lui répondre avec des mots. Oui, il l'avait blessée ce matin-là. Il le savait. Mais il ne pouvait rien y changer. Il ne pouvait même pas le regretter. Mieux valait qu'elle comprenne dès maintenant la vérité à son sujet plutôt qu'elle se fasse des illusions ridicules sur cette… association. Celle ci devait rester strictement professionnelle.

— C'est parce que je n'avais pas l'habitude du protocole du lendemain matin, rétorqua-t-elle en relevant le menton avec une moue de défi.

Cette bouche… Elle était de plus en plus tentante…

— Et l'atterrissage a été rude après cette nuit dans la stratosphère. Il faut comprendre qu'une femme ait besoin d'un peu de temps pour se remettre de t'avoir séduit.

Il éclata de rire.

— Pour rétablir la vérité, tu ne m'as pas séduit. C'est moi qui t'ai séduite.

Elle avança soudain vers lui en secouant la tête.

— Pas du tout. J'avais un plan et je l'ai exécuté à la perfection.

— Bien sûr, tu avais un plan.

Il secoua la tête en riant. En réalité, elle avait saisi la perche qu'il lui avait tendue. Elle l'avait entraîné d'abord dans une discussion fascinante, puis beaucoup plus loin.

— Pourquoi faire quelque chose si ce n'est pas pour bien le faire ? ajouta-t-il en plongeant son regard dans le sien.

Cette fois, elle détourna les yeux.

Elle aurait dû être contente, elle le savait. Mais, en plus de la troubler, cet homme avait le don de la rendre stupide.

— De toute façon, cette nuit appartient au passé. Il faut tourner la page, déclara-t-elle d'un ton ferme.

Malheureusement, elle ne pouvait pas s'empêcher d'avoir envie qu'il lui avoue que ce matin-là, malgré ce qu'il lui avait dit, il avait eu envie de la reprendre dans ses bras.

— Ai-je ta parole qu'il n'y aura pas d'ambiguïté entre nous ? demanda-t-il, interrompant ses pensées et la ramenant à la réalité.

— Évidemment. Je t'ai expliqué pourquoi je me suis cachée ici. Et je peux t'assurer que je n'ai pas de vues sur toi. Cependant, ne pas charger mon entreprise de rétablir ta réputation uniquement parce que nous avons couché ensemble serait très injuste. Il n'y a pas de raisons que notre aventure affecte ma carrière. Je ne devrais pas être pénalisée pour avoir couché avec toi.

— Je suis entièrement d'accord sur ce point.

Il soupira avant d'ajouter :

— Il faut me pardonner si j'ai tendance à être très méfiant avec tout le monde en ce moment.

— Je comprends.

Ils s'observèrent un moment en silence. Pas exactement adversaires, mais pas amis non plus. Malgré tout… elle ne pouvait s'empêcher de penser qu'il y avait quand même un certain niveau de confiance entre eux. Comment leurs relations pourraient-elles rester froides et distantes alors qu'ils avaient partagé une nuit de passion ? Alors que leur attirance mutuelle était toujours palpable et que l'atmosphère devenait électrique dès qu'ils s'approchaient l'un de l'autre ?

Elle n'avait peut-être pas beaucoup d'expérience en ce qui concernait les hommes, mais elle savait reconnaître le désir sur le visage de celui-ci. Elle le connaissait beaucoup mieux qu'il ne le pensait.

— Je te promets que tu ne regretteras pas de m'avoir confié la gestion de ton image. Ma proposition sera prête à la première heure demain matin.

Il secoua la tête.

— Un peu plus tard dans la journée. J'ai beaucoup de choses à faire demain. Pourquoi ne prendrais-tu pas au moins ta matinée ?

— Pour faire quoi ?

Devant l'air stupéfait de Clare, Dev pouffa.

— Juste te prélasser. Te remettre du stress causé par cet homme lancé à ta poursuite. Prendre un bain. Rattraper le sommeil en retard. Nous nous réunirons dans l'après-midi quand j'aurai un moment de libre.

Elle hocha la tête avec une réticence manifeste.

— D'accord.

Il s'écarta pour la laisser passer, mais quand elle atteignit le seuil il l'appela, étrangement oppressé.

— Oui ? dit-elle en se tournant vers lui.

— Si tu veux que je t'aide à sortir du pétrin dans lequel tu t'es fourrée, il faudra me dire toute la vérité.

Sans surprise, elle s'empourpra. Il savait bien que quelque chose clochait dans son histoire.

— Il n'y a rien de plus à dire. J'ai fait confiance à quelqu'un dont j'aurais dû me méfier. J'ai... écouté mon cœur au lieu de ma raison et j'ai pris une décision stupide. Je suis prête à t'aider à résoudre ton problème. Tout ce que je te demande c'est de m'accorder un peu de temps pour résoudre le mien.

C'était la première fois qu'il rencontrait une femme capable de renverser les rôles à ce point. Et elle avait raison. Il était bien placé pour savoir ce qu'il en coûtait de baisser la garde.

— Très bien. Nous sommes associés, mademoiselle Roberts.

— Parfait, monsieur Kohli. Vous ne regretterez pas de m'avoir fait confiance.

Sur ces mots, elle quitta sa cabine. Confirmant une deuxième chose qu'il soupçonnait à son sujet. C'était une femme beaucoup plus compliquée qu'il ne l'avait pensé quand il l'avait mise dans son lit.

# 4.

Clare n'ayant jamais fait de pause dans son travail depuis qu'elle avait obtenu son diplôme, l'attente de la réunion avec Dev lui parut interminable. Pour tromper le temps, elle explora le yacht. Et elle ne put s'empêcher d'être impressionnée malgré ses plaisanteries de la veille à propos de sa taille.

Même si elle le savait déjà après la nuit qu'ils avaient passée ensemble, plus elle se documentait sur Dev Kohli et sa société, plus il se confirmait qu'il n'avait besoin de prouver sa virilité à personne. Dommage. Il aurait été tellement plus facile de traiter avec lui s'il avait été conforme au stéréotype du play-boy milliardaire ! Mais un play-boy ne pensait qu'à séduire les femmes, pas à les protéger contre des hommes de main. Et un milliardaire ne pensait qu'à gagner son prochain milliard.

Suivant le conseil de Dev, Clare s'était prélassée longuement dans l'énorme baignoire de la salle de bains de sa cabine. En savourant le soulagement d'être en sécurité. Enveloppée dans un peignoir moelleux, elle avait trouvé dans sa chambre un bol de soupe bien chaude et des sandwichs au fromage et aux tomates. De nouveau installée dans un siège situé sous une fenêtre, elle avait dévoré son dîner en contemplant la mer et le ciel étoilé. Elle s'était ensuite endormie en quelques minutes entre des draps soyeux, libérée de la crainte d'être kidnappée. Le lendemain matin, elle avait constaté avec surprise qu'elle avait dormi dix heures d'affilée. Un véritable miracle. Une douche rapide avait achevé de la revigorer.

Enveloppée dans un épais drap de bain, elle examina le contenu du placard de sa cabine. Par chance, Amy, Bea et elle avaient toujours dans leur sac à main des dessous de rechange et tout un attirail de toilette en cas de déplacement professionnel urgent. Mais elle n'avait pas de vêtements. Son sac de voyage était resté dans sa chambre d'hôtel à São Paulo. Jamais la sécurité ne l'aurait laissée monter à bord avec la veille au soir. Remettre sa jupe et son corsage en soie ? Elle ouvrit le panier à linge dans lequel elle les avait mis avant de prendre son bain la veille. Vide. Apparemment, le yacht de Dev Kohli était aussi bien géré que son entreprise.

Elle finit par sortir une chemise de soirée d'une des nombreuses boîtes rangées dans le placard. Apparemment Dev avait une collection de chemises de luxe dans chaque cabine. Celle-ci la couvrait jusqu'aux genoux. Avec une ceinture elle faisait une robe acceptable. Il ne restait plus qu'à enfiler ses sandales à talons, et elle aurait une tenue à peu près décente.

Après avoir quitté sa cabine, elle s'égara dans un ascenseur de service, se retrouva dans une salle de conférences, découvrit un hydravion garé sur le pont supérieur et finit par se rendre à l'évidence. Ce yacht était également la résidence de Dev. S'il lui avait suggéré de le visiter, c'était avant tout par compassion envers la femme apeurée qu'il avait trouvée dans son dressing. Mais chaque nouvel espace dans lequel elle pénétrait suggérait qu'il tenait à préserver sa vie privée. D'ailleurs, s'il apparaissait souvent en photo dans les médias avec ses petites amies successives à l'occasion de soirées mondaines, aucun journaliste n'avait jamais eu accès à son yacht. C'était sur ce dernier que Dev Kohli, play-boy milliardaire et ancien champion olympique de natation, s'isolait quand la pression médiatique devenait trop forte.

Après s'être de nouveau perdue, Clare récupéra un plan en même temps que le panier pique-nique fourni par la coquerie. Une fois son exploration terminée, elle s'installa dans un transat sur le pont principal, son panier pique-nique à côté d'elle et son ordinateur portable sur les genoux. La mer miroitait sous le soleil de midi, et le ciel dégagé permettait d'apercevoir au loin les villages qui parsemaient la côte.

Dev Kohli avait choisi de vivre en nomade, et il fallait reconnaître qu'il le faisait avec style. Pour sa part, passer son temps en déplacements perpétuels ne la tentait pas du tout. Peut-être à cause des mensonges de son père – qui n'avait pas cessé de lui répéter au fil des années qu'un jour il viendrait la chercher et qu'ils formeraient de nouveau une famille – et de la froideur de sa tante, elle avait toujours eu envie d'une maison à elle. Une grande maison de famille pleine de sœurs, de frères, de nièces, de neveux qui célébreraient ensemble les anniversaires, se mêleraient de la vie des uns et des autres, se réconcilieraient après des disputes stupides et tout ce genre de choses.

Au lieu de ça, elle était seule au monde et poursuivie par la Mafia à cause de son père. Preuve que ce dernier n'avait jamais eu la moindre affection pour elle. Elle n'arrivait toujours pas à croire à cette trahison. Dire qu'elle s'était menti à son sujet pendant des années ! La vue de Clare se brouilla, et elle cligna les yeux rageusement pour refouler ses larmes.

La photo d'une superbe brune apparut à l'écran parmi les résultats de la recherche qu'elle venait de lancer. Un mannequin, bien sûr, qui venait de révéler son… association avec Dev. Comme si elle demandait qu'on lui rappelle qu'elle n'était pour lui qu'une aventure parmi d'autres… Cette idée ne risquait pas de lui remonter le moral. Mais c'était comme ça. Dev Kohli était manifestement allergique aux relations qui duraient plus de deux semaines. Elle ferait bien de ne pas l'oublier. Avec une moue désabusée, Clare ajouta un point important à la liste de choses dont elle devait discuter avec lui. Se concentrer sur son travail au lieu de caresser des rêves stupides avait toujours été sa ligne de conduite.

Clare tressaillit et ouvrit les yeux. Un homme en uniforme noir et blanc l'informa que M. Kohli l'attendait dans son bureau. Effarée, elle se redressa et rajusta sa chemise. Elle s'était rendormie après quelques heures de travail ? Mais que lui arrivait-il ? Avant que l'homme disparaisse, elle lui demanda de lui expliquer où se trouvait le bureau, mais, malgré ses instructions elle mit une éternité à parvenir à destination. Décidément, tout l'univers semblait conspirer pour qu'elle paraisse manquer de professionnalisme devant le seul homme qu'elle voulait impressionner par sa compétence et son efficacité.

Son ordinateur et un dossier à la main, elle entra dans une vaste cabine circulaire. Le plafond, d'une hauteur vertigineuse, était percé en son centre d'une lucarne qui laissait filtrer la lumière éclairant les étagères garnies de livres. Des dizaines et des dizaines de livres qui tapissaient les cloisons du sol au plafond. Clare laissa échapper un petit soupir. S'attarder pendant des heures dans la bibliothèque de ce bureau serait un pur délice !

Dev s'éclaircit la voix, détournant son attention des reliures en cuir de premières éditions rares. Assis dans un des canapés de cuir beige du coin salon situé en contrebas du reste de la pièce, il avait tout d'un roi entouré de ses précieux trésors. À cela près que ses trésors étaient des livres. Ce bureau tranchait avec le reste du yacht et, de toute évidence, il reflétait sa véritable personnalité. Si elle avait envie de mieux connaître Dev Kohli – l'homme qui se dissimulait sous l'image du play-boy milliardaire –, c'était ici qu'elle le trouverait. Mais elle n'en avait pas envie, se dit-elle aussitôt. Malgré tout, il fallait reconnaître qu'être reçue dans sa tanière, privilège sans doute rare, avait quelque chose de très excitant.

Vêtu d'un pantalon noir et d'une chemise blanche au col ouvert, il était élégant mais semblait tendu. Ses cheveux étaient ébouriffés, comme s'il y avait passé nerveusement les doigts. Comme s'il vibrait d'une énergie incontrôlable et pouvait à tout instant bondir de ce canapé pour…

— Mademoiselle Roberts ?

— Oui, monsieur Kohli ? rétorqua-t-elle d'un ton vif, irritée contre elle-même.

Que lui prenait-il de fantasmer stupidement ? Et lui, pourquoi recommençait-il à l'appeler « Mademoiselle Roberts » ? Ce petit jeu commençait à devenir lassant…

— Je t'ai demandé si tu étais souffrante, dit-il comme s'il avait lu dans ses pensées.

Il promena son regard sur elle, de la tête aux pieds. S'attardant sur la chemise qu'elle avait transformée en robe, sur sa ceinture, sur ses jambes, ses sandales à talons… Pourquoi fallait-il que ce regard lui fasse l'effet d'une caresse ?

— Nous pouvons reporter cette réunion, si tu ressens encore les effets de…

— Bien sûr que non. Je vais parfaitement bien. Merci pour ta sollicitude, ajouta-t-elle d'un ton plus crispé qu'elle ne l'aurait voulu.

Pourquoi cette lueur amusée dans ses yeux ? Une pensée traversa l'esprit de Clare, accroissant son irritation. L'aurait-il surprise en train de dormir sur le pont ?

— Je suis prête pour cette réunion depuis un moment. Mais je ne savais pas comment te joindre ou prévenir quelqu'un d'autre sur ce bateau. As-tu eu pu jeter un coup d'œil aux projets de contrats que je t'ai envoyés par mail ?

— Non. Je n'aurai pas le temps de le faire avant un moment. Et ce n'est pas un bateau mais un yacht.

— Sur ce yacht gigantesque, rectifia-t-elle docilement.

Pourquoi avait-elle l'impression qu'il se retenait d'éclater de rire ?

— Serais-tu en train de te moquer de moi ?

Il secoua la tête, mais son regard resta malicieux.

— Aurais-je une raison de me moquer de toi ?

— Non, justement. Ma situation n'a rien de drôle et…

— Je suis bien d'accord, mais il faut essayer de me comprendre. Tu arrives ici, l'air hautain, déterminée à me critiquer…

— Pas du tout !

— Alors dis-moi ce qui ne te plaît pas dans mon yacht.

— Qu'est-ce qui pourrait ne pas me plaire ? Comme je l'ai dit, tout y est grand et beau.

— Tu as dit « gigantesque ». Ce qui sous-entend qu'il est tape-à-l'œil.

— C'était déplacé, admit-elle en s'efforçant de prendre un ton contrit.

Pourquoi attachait-il une telle importance à ce qu'elle pensait de son fichu yacht ?

— J'ai le sentiment qu'il n'est pas dans tes habitudes de dire quoi que ce soit que tu ne penses pas.

Il plongea son regard dans le sien, et elle eut toutes les peines du monde à surmonter son trouble.

— En effet, tu as raison. Je trouve juste que ça fait beaucoup de place pour une seule personne.

— Ah… tu vas me faire un sermon à propos de l'environnement ? Pour ma défense, je voyage avec deux assistantes, trois avocats, un coach sportif, un coiffeur, deux chefs, et divers autres employés…

— Qui tous contribuent évidemment à accroître le prestige que les simples mortels t'envient.

— Décidément, tu sembles déçue par moi.

Plissant le front, il la regarda d'un air perplexe. Comme s'il était impossible qu'une femme ne se pâme pas devant lui !

— Quelque chose comme ça, oui.

Quelle chance qu'il se trompe à ce point ! Moins il serait conscient de l'effet qu'il lui faisait, mieux elle se porterait.

— Tu disposes donc d'une véritable armée de serviteurs. Qui sont bien sûr payés pour n'être ni vus ni entendus. J'avais donc des raisons de m'imaginer que nous étions pratiquement seuls à bord.

Il passa la main dans ses cheveux, l'air un peu embarrassé.

— En fait je n'avais pas l'intention de te faire un sermon, tu sais.

— Non ?

— J'ai lu l'interview que tu as donnée pour ce magazine masculin. Tu diriges un empire qui vaut des milliards de dollars et qui est implanté dans cinq pays. Tu emploies onze mille trois cent soixante-seize personnes à travers le monde. Sans compter le personnel qui s'occupe de ce yacht, des deux appartements, des trois domaines et du palace que tu possèdes çà et là sur la planète. Qu'as-tu dit exactement ? Que tu as créé une « économie indépendante » ? Et que donc tout ce luxe est juste destiné à apporter un certain confort à un homme qui crée de multiples emplois. Tu l'as appelé ton « royaume ». Et tu as ajouté que ta mère t'avait appris qu'un roi avait des privilèges mais aussi des devoirs. Une touche personnelle attendrissante, conclut-elle d'un ton pince-sans-rire.

— Quoi, le fait que j'aie à la fois des privilèges et des devoirs ?

— Non, l'allusion à ta mère.

Le regard de Dev se durcit instantanément.

— Ce n'était pas prémédité pour manipuler les lecteurs, répliqua-t-il d'un ton glacial.

Elle hocha la tête en prenant un air apaisant. Visiblement, sa famille était un sujet épineux. La bataille s'annonçait rude. S'il se hérissait à la mention d'une vieille interview dans laquelle il faisait allusion à sa mère, il n'allait pas du tout aimer son plan…

— Je n'ai jamais dit qu'il n'y avait rien de vrai dans ton interview. Tu vis réellement comme un roi.

— Tu gardes un souvenir très précis de cette interview, répliqua-t-il en étendant un bras sur le dossier du canapé.

Elle s'efforça d'ignorer la pointe de sarcasme dans sa voix.

— J'ai toujours eu une excellente mémoire. Et il était clair que cette journaliste avait une idée derrière la tête.

— Laquelle selon toi ?

— Te ranger dans la même catégorie que les milliardaires irresponsables qui se moquent éperdument de l'état du monde. Et tu l'as désarmée très facilement.

Beaucoup trop facilement, à vrai dire. Il possédait une qualité exceptionnelle qui mettait les femmes en confiance. Et il ne s'agissait pas seulement de son physique ravageur. Dès le premier contact, il donnait le sentiment d'être un homme bien, foncièrement juste et honnête, sans doute sans en avoir conscience lui-même.

— Alors qu'est-ce qui ne te plaît pas dans mon yacht ? Ou bien est-ce tout simplement moi qui t'ai irritée à l'instant où tu es arrivée ?

— Eh bien… c'est un beau yacht, c'est vrai. Clair, spacieux, décor sobre… et ne crois pas que je n'ai pas remarqué les brochures concernant les matériaux écologiques utilisés pour sa construction. Le problème, c'est qu'il donne l'impression d'être vide.

— Vide ?

Dev promena son regard sur les meubles autour d'eux.

— C'est juste un sentiment personnel, précisa-t-elle.

Les coudes sur les cuisses il se pencha en avant, attentif.

— Dis-moi.

— Tout ce luxe, c'est très beau et confortable, mais il manque ce à quoi nous aspirons tous, tu ne crois pas ?

— Quoi donc ?

— Le bonheur. La sérénité. Un foyer.

— Tu penses que c'est ce à quoi nous aspirons tous ?

De toute évidence, il ne partageait pas son opinion…

— Tu as insisté pour entendre mon explication. Je veux juste dire qu'il semble conçu pour un homme qui ne veut surtout pas avoir de racines.

Le regard de Dev s'assombrit furtivement.

— Tu ne me connais pas aussi bien que tu le penses.

— Je ne suis pas d'accord. Il se trouve que j'ai consacré pas mal de temps à une étude approfondie de ce qu'on trouve à ton sujet dans les médias. Entre une succession de liaisons plus brèves les unes que les autres et une accumulation dc contrats toujours plus lucratifs, tu as l'image d'un homme qui mène une vie solitaire et très égoïste.

— Si je comprends bien, tu es en train de me dire que tu n'approuves pas mon style de vie ?

— Pas du tout. Ce que je veux dire c'est qu'il y a une énorme différence entre ce que tu laisses voir de toi et ce que tu es réellement.

— Comment peux-tu savoir qui je suis réellement ? Malgré ton… « étude approfondie » tu ne me connais pas. Je n'ai pas les aspirations qui d'après toi sont partagées par tout le monde. Pourquoi s'enraciner dans un endroit quand on a la possibilité d'explorer le monde entier ? Quand on a les moyens de le conquérir, il serait stupide de ne pas en profiter.

Elle réprima une moue sceptique. Il avait beau protester, elle était persuadée que cette volonté de conquérir le monde n'était qu'une façade. Cependant, qu'elle ait raison ou tort, cela ne la regardait pas. Elle devait s'en tenir à ce qu'il disait et cesser de chercher en lui des qualités qui n'existaient peut-être que dans son imagination. Après tout, n'était-ce pas l'erreur qu'elle avait commise avec son père ? Elle hocha la tête.

— D'accord. Si tu le dis… De toute façon, ma mission n'est pas de te faire la morale. C'est d'améliorer ton image. D'humaniser un peu ton personnage de conquérant. De démontrer au monde que tu n'es pas le patron indigne pour lequel il te prend.

Dev eut un large sourire.

— Et comment comptes-tu améliorer mon image ?

— Il faut commencer par ta vie amoureuse… cette succession sans fin de liaisons éclair ne plaide pas en ta faveur.

— Je n'avais pas compris que tu comptais me trouver une épouse.

Elle roula les yeux.

— Ce n'est pas drôle, Dev. Par exemple, sais-tu qu'une de tes ex, Sahara Jones, s'est mise à poster des vieilles photos de vous deux sur les réseaux sociaux, la semaine dernière ? Apparemment, votre rupture il y a trois mois n'était pas de son goût. Elle a sept millions et demi de followers qui meurent d'envie de savoir si vous êtes de nouveau ensemble comme elle le suggère et qui sont prêts à se déchaîner contre toi au moindre signe d'elle. Mlle Jones risque-t-elle de te créer des problèmes supplémentaires au cours des semaines à venir ?

— Que veux-tu dire ?

— Est-elle du genre à traîner ton nom dans la boue ? À diffuser des détails personnels te concernant et susceptibles de te faire passer pour un goujat ? Parce que ta réputation ne résisterait pas à des coups supplémentaires.

— Non, aucun risque.

— Pourtant je te signale qu'elle était ici à bord de ton

yacht hier soir. Je l'ai reconnue. Je suppose qu'elle est venue à ton insu ?

Dev crispa la mâchoire.

— Rien ne t'échappe.

— En effet. Il ne m'a pas échappé non plus que tu l'as fait raccompagner à terre par ton équipe de sécurité et qu'elle ne semblait pas ravie. Alors des détails, s'il te plaît.

— Pardon ?

— J'ai besoin de détails sur votre rupture, pour pouvoir évaluer les risques moi-même.

Il marmonna quelques mots incompréhensibles.

— Sahara et moi nous sommes sortis ensemble pendant un peu plus de deux semaines. J'ai rompu quand j'ai compris qu'elle n'avait aucun respect pour ma vie privée. Pour notre deuxième rendez-vous, elle m'a entraîné dans un débat télévisé surprise au cours duquel nous étions censés discuter des obstacles que nous avons dû surmonter l'un et l'autre pour réussir. Parallèlement, elle négociait déjà avec son agent l'écriture d'un livre sur notre relation. Comme tu le sais, elle est mannequin mais pas très connue.

— Et ?

— Elle voulait surfer sur ma notoriété pour devenir une star. Or il n'était pas question pour moi de la laisser fouiller dans ma vie à la recherche d'informations qui ne la regardaient pas.

— Quels détails salaces a-t-elle réussi à découvrir ?

— Il n'y avait pas de détails salaces, Clare. Il était juste inacceptable qu'elle cherche à vendre l'histoire de ma vie comme un voyage romantique que nous faisions soi-disant ensemble. J'ai chargé mes avocats de la poursuivre en justice à la moindre allusion à moi en public. Après une scène qu'elle a faite lors de notre dernière rencontre, elle a perdu son contrat le plus récent. Hier soir, elle est venue pour tenter de me convaincre que l'idée du livre et du débat télévisé ne venait pas d'elle. Elle voulait que je l'aide à retrouver un contrat.

— Tu vas le faire ?

Dev passa la main sur son visage en soupirant.

— Oui. Je ne suis pas un monstre sans cœur, Clare. Je l'ai déjà mise en relation avec un de mes amis.

— Je peux donc considérer le problème comme réglé ?

— Oui.

— Pourquoi ?

— Tu veux savoir comment je peux être certain qu'elle ne créera plus de problèmes ? Parce qu'elle a obtenu ce qu'elle voulait de moi, répliqua-t-il le regard dur.

— D'accord. Dev, puis-je te suggérer de renoncer aux femmes jusqu'à ce que nous ayons réussi à rétablir ta réputation et celle de ta société ?

À la surprise de Clare, Dev éclata de rire. Un rire joyeux qui creusa une fossette irrésistible dans sa joue.

— Personne ne m'a jamais donné un ordre aussi strict de toute ma vie !

— Même ta mère ?

Le rire de Dev s'interrompit, mais l'éclat de ses yeux persista.

— Même ma mère. Même quand j'étais infernal et que je lui en faisais voir de toutes les couleurs.

Il poussa un soupir qui semblait sortir du plus profond de lui-même.

— Ma mère n'était qu'amour, patience et bonté.

Désireuse de chasser les ombres qui obscurcissaient le visage de Dev à l'évocation de sa mère, elle déclara :

— Sache que m'engager pour redorer ton image revient à te retrouver à l'école sous les ordres d'une directrice intraitable. Ça ne marchera jamais si tu regimbes à chaque…

— Ah… je comprends pourquoi ta société est aussi florissante, Clare.

Elle oublia instantanément ce qu'elle s'apprêtait à dire.

— Vraiment ?

— Oui. Je t'imagine très bien en directrice d'école intraitable, répliqua-t-il d'un ton malicieux.

Envahie par une vive chaleur, elle inspira profondément.

— Je ne m'excuserai pas chaque fois que je devrai te mettre en garde au sujet de… ta vie sexuelle. En fait, pour plus de sûreté, il vaut mieux que tu fasses une croix dessus. Pendant un bon moment.

# 5.

— Pardon ? Tu viens de me dire de faire une croix sur ma vie sexuelle ?

Dev réprima une moue de dérision. Le pire c'était qu'il était d'accord avec elle à cent pour cent. Inutile d'avoir une femme dans sa vie en ce moment. Il aurait dû se douter que Sahara s'inviterait à la soirée quand elle lui avait dit qu'elle était à São Paulo. Il avait été un peu ennuyé pour elle lorsqu'elle avait perdu son contrat. Malgré tout, il ne pouvait s'empêcher de se demander si elle avait éprouvé quelque chose pour lui ou s'il ne l'avait intéressée que pour son physique, son argent et ses relations. Mais n'était-ce pas exactement ce qu'il recherchait pour ses liaisons éclair ? Des femmes qui ne s'intéressaient à lui que pour ses prouesses sexuelles, sa célébrité et sa fortune ?

— Oui, c'est exactement ce que je viens de dire.

La voix de Clare arracha Dev à ses pensées. Le genre de pensées détestables qui ne servaient qu'à le déstabiliser…

— Ça doit te sembler aussi abominable que nouveau, Dev, mais c'est moi qui commande jusqu'à ce que ta réputation soit rétablie. Jusqu'à ce que nous ayons prouvé au monde que tu es un homme fantastique et un patron moderne, résolu à favoriser l'égalité professionnelle et à lutter contre le harcèlement sous toutes ses formes. À partir de maintenant, c'est moi qui décide qui tu vois, à qui tu parles, qui tu embrasses…

Le rouge qui se répandait sur le cou et le visage de Clare offrait un contraste fascinant avec son ton sans réplique. Et elle était incroyablement sexy dans sa chemise portée comme une robe. Par chance elle était beaucoup plus petite que lui, si bien que celle-ci lui tombait jusqu'aux genoux. Dev se leva et s'avança jusqu'au pied des trois marches qui donnaient accès au coin salon. Clare était debout sur la plus haute, mais son visage se trouvait à la même hauteur que le sien. Le col ouvert de la chemise révélait la veine qui battait frénétiquement à la base de son cou. L'éclat de ses yeux bleus était souligné par des cernes profonds. Quant à ses cheveux coupés au carré, qui d'ordinaire encadraient impeccablement son visage délicat, ils étaient en bataille. Spectacle délicieux… et très émoustillant. Dev s'efforça d'ignorer la bouffée de désir qui l'assaillait.

Dès qu'il avait eu la confirmation qu'elle était bien poursuivie par des hommes dangereux – son responsable de la sécurité avait même précisé que sa tête était mise à prix –, il avait éprouvé le besoin de vérifier lui-même qu'elle allait bien. Au lieu de l'attendre dans son bureau, il était parti à sa recherche et il l'avait trouvée endormie sur le pont. Il était resté là à la regarder pendant dix bonnes minutes, aussi fasciné qu'un adolescent rongé de désir. Mais il n'était pas dans ses habitudes de courir après les femmes. Depuis ses seize ans, il se contentait de les laisser courir après lui. Ce n'était pas aujourd'hui qu'il allait changer.

— Si je comprends bien, tu vas être une sorte de ceinture de chasteté du XXIe siècle, plaisanta-t-il.

Fronçant le nez, elle jeta sur sa braguette un coup d'œil furtif qui l'électrisa.

— Pas exactement, mais, si cette image t'aide à saisir le concept, adoptons-la.

Il eut un large sourire.

— Je crois que tu prends ton rôle un peu trop au sérieux, dit-il en lui tendant la main.

Elle la prit après une brève hésitation, et il fut transpercé par une flèche de désir. Il la lâcha dès qu'elle posa les pieds en bas des marches.

— Pas du tout, objecta-t-elle. Le pouvoir des réseaux sociaux est redoutable. Le moindre faux pas risquerait de déclencher un effet domino. Crois-moi, Dev, s'il y a une chose que je sais faire c'est gérer les réputations.

— D'accord, j'essaierai de ne pas attirer trop de femmes.

Elle s'assit sur le canapé en roulant les yeux, et il s'installa en face d'elle avec conviction. C'était la conseillère qu'il lui fallait pour redorer son image et celle de sa société. Pour remettre Athleta sur les rails. Même si certains de ses regards prouvaient son désir pour lui, elle resterait professionnelle. Il pouvait lui faire confiance. Il en avait eu la certitude dès leur rencontre à la soirée de remise des prix. Ce soir-là, comme pour toutes les grandes décisions qu'il avait prises dans sa vie, il avait suivi son instinct. Il avait enfreint la règle qu'il s'imposait depuis toujours malgré l'image de séducteur compulsif que les médias donnaient de lui. Pour une fois, il avait passé la nuit avec une parfaite inconnue. Et il ne l'avait pas regretté.

Aujourd'hui il ne regrettait pas davantage de l'avoir choisie comme collaboratrice. Pendant qu'elle s'occuperait de son image, il allait réexaminer d'autres choix qu'il avait faits au cours des quinze dernières années. Des choix qui remontaient à l'époque de l'école militaire. Aiguillonné par la rancœur et par le sentiment d'avoir été rejeté, il s'était fixé un objectif. Et, pour se donner les moyens de l'atteindre, il s'était lié avec certains hommes dont il ne partageait pas toujours les principes. Aujourd'hui, il avait réussi au-delà de ses rêves les plus fous, au point qu'il pouvait peut-être même espérer impressionner son père. Mais il fallait bien admettre que, quelque part sur la voie qu'il avait choisie, il s'était perdu. Il s'était entouré de gens prêts à renier leurs principes pour réussir et s'enrichir. Ce qui n'avait jamais été son cas, dans sa vie personnelle comme professionnelle. Aujourd'hui, cette crise était l'occasion ou jamais de rectifier le tir.

— Quelles sont les autres dispositions de ton plan ? demanda Dev en indiquant d'un mouvement du menton le dossier que Clare avait dans les mains. À part la croix sur…

— … tes activités extraprofessionnelles ? coupa-t-elle d'un ton qu'elle espérait posé.

Pourquoi était-elle aussi nerveuse ? Dev n'était même pas un client difficile. Elle en avait eu de bien plus pinailleurs, surtout avant que London Connection acquière la réputation qui était la sienne. Pourtant, Dev était le seul à avoir le don de semer la confusion dans son esprit au point de lui faire perdre régulièrement le fil.

Alors qu'il se calait dans son siège, une lueur malicieuse dans les yeux, elle ouvrit son ordinateur portable.

— La première chose à faire quand on doit rétablir une réputation, c'est de récapituler les points forts et les points faibles de l'image à redorer.

— Je suis curieux de voir la liste des points faibles, plaisanta-t-il en changeant de place pour s'asseoir à côté d'elle. J'imagine qu'elle est interminable.

S'efforçant d'ignorer le trouble qui l'envahissait, elle répliqua sur le même ton narquois.

— Eh bien justement, à ma grande déception elle est inexistante. J'ai eu beau chercher des zones d'ombre, je n'ai trouvé qu'une auréole dont l'éclat attend juste d'être un peu ravivé. Pour cela nous allons mettre en lumière le soutien apporté par Athleta à différents programmes solidaires et associations caritatives.

Dev pinça les lèvres.

— Je ne les soutiens pas pour soigner mon image.

Elle le considéra avec perplexité. D'ordinaire ses clients

– pour la plupart beaucoup moins généreux qu'Athleta – insistaient au contraire pour faire connaître leurs engagements.

— Ton souci de discrétion t'honore, mais je te rappelle que, si tu m'as engagée c'est justement pour soigner ton image. Crois-le ou non, Dev, mais tu vas être un de mes clients les moins difficiles.

Un sourire malicieux étira les lèvres de Dev, et une fossette – cette fossette irrésistible – creusa sa joue.

— Je crois bien que c'est le plus beau compliment que tu m'aies jamais fait.

Elle roula les yeux.

— Pas la peine de te rengorger. Mais c'est vrai, je n'ai pas à me creuser la tête pour te montrer sous un jour favorable. Et il y a un moment que je suis de près l'engagement solidaire d'Athleta. C'est la raison pour laquelle je souhaitais travailler avec toi.

— Tu m'as déjà bien fait comprendre que ton intérêt est strictement professionnel. Sache que je ne te soupçonne plus du tout de t'être cachée sur mon yacht pour me séduire.

Clare évita le regard de Dev. Inutile qu'il lise dans ses yeux qu'elle était toujours attirée par lui. D'autant plus inutile qu'il en était sans aucun doute parfaitement conscient…

— Il faut faire savoir au monde qu'Athleta n'est pas complètement gangrené. Que seul un membre était malade et que tu l'as rapidement tranché.

Le visage de Dev s'assombrit, et il lança d'un ton amer :

— J'ai également tranché tout ce qui subissait l'influence de ce membre. N'est-ce pas suffisant ? lança-t-il d'un ton amer.

— Accorderais-tu de nouveau facilement ta confiance à quelqu'un après avoir été déçu par lui ? demanda-t-elle d'une voix douce.

Il crispa la mâchoire.

— Non. Une fois perdue, je ne redonnerais plus jamais ma confiance.

Elle sentit son cœur se serrer. Elle voulait juste lui faire comprendre qu'il faudrait un peu de temps pour regagner la confiance du public, mais cette véhémence… Elle la comprenait si bien…

— En matière d'engagement solidaire, tu as de multiples raisons d'être fier. Mais, après ce qui s'est passé, ça ne suffit pas à rétablir ta réputation et celle d'Athleta. Ce que le public voit de toi, c'est que tu mènes une vie extravagante et que tu es le genre de personnage envié par tous les hommes et convoité par toutes les femmes.

Il éclata de nouveau d'un rire sonore.

— Clare, tu as des formules qui sont vraiment miraculeuses pour l'ego masculin.

— Je ne cherche pas à flatter ton ego. J'essaie juste de te dire qu'il est temps de prouver aux gens, et en particulier aux femmes qui travaillent pour toi, que tu es autre chose qu'un play-boy milliardaire très porté sur le sexe.

— Un play-boy milliardaire très porté sur le sexe… C'est comme ça que tu me vois ?

Elle réprima un soupir. Allait-il décortiquer tout ce qu'elle disait ?

— La façon dont je te vois n'a aucune importance. Nous allons laisser filtrer le plus d'informations possible sur les engagements solidaires d'Athleta. Prends cette récente visite à São Paulo, par exemple. Dans l'idée du public, tu étais là pour faire la fête avec des copains de la jet-set. Alors qu'en réalité tu es venu travailler avec un designer qui a créé une nouvelle sorte de semelles pour chaussures de course fabriquées avec des matériaux recyclables. Et tu as assisté à une conférence sur la préservation de la forêt tropicale.

Il arqua les sourcils, manifestement surpris.

— Tu t'es vraiment bien documentée.

— Je t'ai dit que je faisais toujours mon travail à fond. Le prochain point au programme… Il faut que nous fassions une interview avec Mlle Jones, déclara-t-elle, mentionnant la femme qui avait dénoncé avec courage le harcèlement à Athleta.

— Hors de question. Je ne vais pas m'acharner sur cette femme en lui demandant de faire une déclaration uniquement pour redorer mon image.

— Et si elle accepte ? Et si…

— Tu as déjà pris contact avec elle, n'est-ce pas ?

Elle soutint le regard indigné de Dev.

— Je ne vais pas m'excuser de faire mon travail.

Il soupira.

— D'accord. Mais je ne veux pas que Mlle Jones soit soumise à la moindre pression. C'est clair ?

— Absolument.

— Que suggères-tu ensuite ?

— Nous allons donner une interview sur une chaîne sportive et une autre sur une chaîne généraliste avec tes sœurs.

Avec un juron retentissant il bondit sur ses pieds, monta les trois marches et se mit à arpenter le bureau, les traits déformés par la colère. Au bout de plusieurs minutes, il finit par s'immobiliser et se tourner vers elle, le regard glacial.

— J'étais prêt à accepter toutes tes suggestions parce qu'un de mes employés a agressé une femme innocente et qu'en tant que P-DG j'assume toute la responsabilité de cette histoire. Mais il est inutile d'y mêler ma famille.

— Mais une famille illustre comme la tienne ne peut être qu'un avantage.

Elle regretta aussitôt ces mots. Apparemment, ils n'avaient fait que remuer le couteau dans une plaie que Dev semblait déterminé à ignorer.

— Évitons les considérations sur les avantages et les inconvénients que m'a apportés mon illustre famille. Ça dépasse tes compétences.

On ne pouvait pas être plus clair ni plus cinglant… Des clients difficiles, elle en avait eu beaucoup, c'était vrai.

Mais jamais elle n'avait été blessée à ce point par une rebuffade. Leur relation étant strictement professionnelle, c'était ridicule, non ? En tout cas, il n'était pas question de se laisser marcher sur les pieds.

— Si tu considères certains sujets comme tabous je n'insisterai pas pour les exploiter, répliqua-t-elle en relevant le menton. Mais ce n'est pas toi qui vas m'expliquer comment faire mon travail. En me documentant, j'ai découvert que ta sœur aînée est une neurochirurgienne de renommée internationale et que ta sœur cadette est une diplomate. Il faut faire savoir au public que les femmes de pouvoir ne t'intimident pas.

— La liste de celles que j'ai fréquentées n'est-elle pas une preuve suffisante ? Je suis sorti avec de nombreuses femmes influentes.

— Ça, ça prouve juste que tu es allergique à l'engagement et plus difficile qu'un gamin de cinq ans qui choisit son menu.

Devant le silence penaud de Dev, Clare réprima un sourire de satisfaction.

— Il faut tirer parti de tout ce qui peut servir à redorer ton blason, Dev. Et c'est urgent. T'es-tu demandé pourquoi ton invitation à la table ronde sur l'éthique dans le sport a été annulée ?

— Comment es-tu au courant ? Ça date d'aujourd'hui !

— J'ai mes sources.

— D'accord, inutile de me rappeler pourquoi je t'ai engagée.

— Alors arrête d'opposer des objections à tout. Si tu veux vraiment mettre en œuvre le changement dans ton entreprise, il faut commencer par toi. Personne n'a dit que ce serait facile.

— Tu vas me facturer un supplément pour le discours de motivation ? railla-t-il.

De toute évidence, l'humour était son mode de

fonctionnement par défaut… Mais ça ne signifiait pas qu'il n'entendait pas ce qu'elle avait à lui dire.

— Ta démarche est fantastique, Dev. Je connais bien le monde de l'entreprise et je sais que le plafond de verre reste omniprésent pour les femmes. C'est encourageant de constater que certains hommes puissants veulent participer à l'élaboration d'un environnement de travail équitable.

— Tu es vraiment la force avec laquelle il faut compter, n'est-ce pas ?

— Pourquoi est-ce que je sens une pointe de perplexité dans cette remarque ?

Il promena sur elle un regard perplexe.

— Parce qu'il y a une pièce du puzzle qui ne correspond pas vraiment.

— Laquelle ?

— Pourquoi une femme intelligente comme toi passerait un accord avec un parrain de la Mafia. Étant donné ce que j'ai pu observer de ta façon de travailler et de ton comportement, je ne te vois pas prendre un risque aussi énorme.

Déglutissant péniblement, Clare rassembla les papiers qu'elle avait étalés sur la table basse devant elle. Même Amy et Bea pensaient qu'elle avait hérité de l'argent à la mort de son père. Était-ce la souffrance ou la honte d'avoir été assez naïve pour faire confiance à son père quand il lui avait dit qu'il voulait l'aider ? Le poids qui lui écrasait la poitrine l'empêchait d'en parler.

— Je te l'ai dit. Par naïveté, j'ai pris une mauvaise décision.

Elle éteignit son ordinateur, le ferma et le ramassa. Puis elle monta les marches et déclara d'une voix miraculeusement ferme :

— Tes deux sœurs m'ont déjà répondu qu'elles seraient ravies de participer à l'interview. Je vais l'organiser via une chaîne virtuelle. Je suppose que ça réduirait le stress que te cause cette perspective ?

Il ne lui adressa pas exactement le sourire qu'elle espérait, mais son regard reconnaissant lui fit chaud au cœur.

— Oui, merci. Assure-toi que les détails trop personnels que pourraient mentionner mes sœurs soient coupés. Et attends-toi à une très longue conversation.

Elle hocha la tête, en proie à une vive curiosité au sujet de ses sœurs, de sa famille, de tout ce qui le concernait.

— Et le contrat ? Tu l'as signé ?

— Pas encore. Mais ne t'inquiète pas, il est à toi, assura-t-il avant de changer de sujet. Je dîne à Rio de Janeiro demain soir. Ce serait peut-être une bonne idée que tu fasses du shopping en ville à notre arrivée.

— Oui, en effet.

— Ensuite tu pourrais nous rejoindre pour le dîner.

Le cœur de Clare fit un petit bond dans sa poitrine.

— Vous rejoindre ? Pour le dîner ?

Il eut un haussement d'épaules désinvolte.

— J'ai rendez-vous avec un vieil ami et sa femme, qui est une colporteuse de ragots redoutable. Si nous dînons avec elle et son mari, ce sera comme si nous achetions un espace publicitaire en une de tous les journaux pour annoncer que nous sommes ensemble.

— Ensemble ? répéta-t-elle, avec des battements de cœur intempestifs. Comme un couple ? Ou comme un play-boy et son chien de garde spécialisé en relations publiques ?

Renversant la tête en arrière, Dev partit d'un grand éclat de rire.

— Tu peux être sûre que, dès la fin du dîner, je serai en train de tomber follement amoureux de la femme mystérieuse qui se cache à bord de mon yacht…

Devant l'absence de réaction de Clare, Dev ajouta :

— Je pensais que ça t'arrangerait d'être associée à moi.

— Pour des raisons de sécurité, oui. Mais, jouer les amoureux devant un vieil ami à toi, ça n'a rien à voir. Tu voudrais que je te couve des yeux en battant des cils et en minaudant ?

Il pouffa.

— Si tu fais ça, personne n'y croira un seul instant. Contente-toi d'être toi-même, critique et attentive à ce que mon ego garde des dimensions raisonnables... Et n'oublie pas de faire ton laïus sur les engagements solidaires d'Athleta.

— À ton ami ?

— Je lui demande depuis longtemps de rejoindre Athleta. C'est un argument auquel il pourrait être sensible. Il arrive à un carrefour dans sa vie, et je veux le convaincre de faire équipe avec moi avant que quelqu'un d'autre y parvienne. C'est un grand footballeur.

— Si c'est un ami, ne se rendra-t-il pas compte que nous... jouons la comédie.

— Non. Surtout quand il te verra.

Ce qui veut dire ? Que je ne suis pas aussi glamour que tes petites amies habituelles, ce qui suggérerait que tu as perdu la tête pour moi ?

Dev eut un sourire malicieux.

— Chercherais-tu les compliments, Clare ?

Elle sentit ses joues s'enflammer.

— Bien sûr que non.

— D'accord. Tu es juste... différente.

— Différente... ennuyeuse ?

— Différente... complexe, d'accord ?

Il y avait une note étrange dans la voix de Dev. Et Clare aurait volontiers passé le reste de la soirée à essayer de découvrir ce qu'elle cachait. Mais il était sans doute beaucoup plus prudent de s'abstenir.

— D'accord. Je ferai l'éloge de ton entreprise pour lui donner envie de te rejoindre. Même si je ne vois pas pourquoi tu ne pourrais pas le faire toi-même.

— Quoi de plus détestable qu'un homme tellement content de lui qu'il n'arrête pas de se vanter ?

Clare eut un pincement au cœur. Cette définition convenait parfaitement à son père. Les rares fois où il avait pris la peine de l'appeler, ce n'était jamais pour avoir de ses nouvelles mais pour parler de lui et de son prochain projet génial…

— Je pourrai demander au chauffeur de te ramener au yacht après ta séance de shopping au lieu de te conduire à l'hôtel pour le dîner, si tu as peur de…

— Non, évidemment, je n'ai pas peur, coupa-t-elle d'un ton vif.

Puis elle se retint de lever les yeux au ciel devant l'air satisfait de Dev. Il l'avait bien manipulée pour qu'elle accepte…

— Si je comprends bien nous passerons la soirée à Rio ?

— Oui. Le lendemain matin, nous partirons pour Sainte-Lucie.

— D'accord. Si, pour demain, toi ou un membre de l'équipage pouvait me fournir un plan de la ville…

— Ce n'est pas une bonne idée, déclara-t-il sans lui laisser le temps de finir sa phrase.

— Je ne sais pas quand j'aurai l'occasion de revenir à Rio. Je vais juste jouer un peu les touristes. Mais je ne serai pas en retard pour le dîner.

— Je pense que tu ferais mieux de ne pas te promener en ville toute seule.

Elle sentit son estomac se nouer.

— Pourquoi ? Tu as appris quelque chose ?

Il secoua la tête, mais elle eut le sentiment qu'il ne lui disait pas tout.

— Je n'ai pas encore trouvé la solution à ton problème. Pour l'instant, je reste donc responsable de toi. Je t'accompagnerai.

— Je n'ai besoin de personne, protesta-t-elle, le cœur battant à tout rompre. Et surtout pas de…

— Tu es inquiète, ça se voit. Tu as des cernes. Si tu

ne veux pas te confier à moi, parle à quelqu'un d'autre. Quelqu'un de ta famille, un ami… Sinon tu vas droit à la…

— Je n'ai personne sur qui m'appuyer, d'accord ? Je… je ne veux pas inquiéter mes amies. Elles ont déjà assez à faire avec l'agence en mon absence.

Si elle faisait appel à Amy et Bea, celles-ci accourraient aussitôt et elles risqueraient de se mettre en danger. Mais, avec sa sollicitude, Dev la déstabilisait.

— Je n'ai toujours pu compter que sur moi.

Tout à coup, elle fut prise de vertige.

— Respire, Clare. Concentre-toi sur moi, mon ange.

Elle leva les yeux. Le regard de Dev plongea dans le sien, calme et rassurant. Il referma la main sur la sienne. Elle sentit les battements de son cœur ralentir peu à peu, tandis que le pouce de Dev traçait des cercles sur le dos de sa main. Son parfum familier l'enveloppa comme une couverture douillette. La panique s'estompa, et son premier réflexe fut de dégager sa main d'un mouvement brusque. L'inquiétude manifeste de Dev, sa douceur… ça faisait un effet bizarre. Elle n'avait qu'une envie. S'enfuir. Se cacher. Rejeter cette gentillesse qui lui nouait la gorge.

— Dis-moi ce que tu caches, et je pourrai t'aider davantage.

— Pourquoi ?

Il plissa le front.

— Pourquoi quoi ?

— Pourquoi veux-tu m'aider ? Je n'ai pas envie de ta pitié. Il me faut du réel. Comme jamais auparavant.

Elle sentit ses doigts se resserrer autour de sa main et elle prit conscience avec un temps de retard de ce qu'elle venait de dire.

— Je suis vraiment pathétique, n'est-ce pas ?

— Non. Tu parles comme quelqu'un qui lutte. Qui refuse de se reposer sur quelqu'un. Qui…

Il lui lâcha la main, et elle éprouva une sensation de

manque insupportable. Il lui pressa brièvement l'épaule avant de s'écarter d'elle. Comme s'il éprouvait le besoin de mettre de la distance entre eux avant de faire quelque chose qu'il risquerait de regretter.

— Il y a quelque chose en toi qui me fait penser à… moi, dit-il après un silence. C'est pour ça que tu m'as attiré à la soirée de remise des prix. C'est pour ça que cette nuit-là n'a pas été une nuit comme les autres. Et c'est pour ça que j'ai pris mes distances avec toi le lendemain matin. Est-ce que c'est assez réel pour toi ?

Le cœur gonflé d'une émotion intense, elle promena son regard sur le nez droit, les pommettes hautes, la bouche toujours prête à rire… ce visage lui était désormais aussi familier que le sien. Elle hocha la tête, se répétant ces paroles inattendues.

— J'espère que tu ne dis pas ça pour m'apaiser parce que tu as pitié de moi.

Il sourit, et elle se sentit aussitôt rassurée.

— Il n'y a rien chez toi qui inspire la pitié, Clare. Qui provoque l'exaspération, oui. Mais qui inspire la pitié, non.

Elle laissa échapper un rire ému et baissa la tête dans l'espoir de parvenir à refouler ses larmes avant qu'elles inondent ses joues.

— Merci. J'ai eu beaucoup de mauvaises nouvelles ces derniers temps et ça…

— Ça met à genoux juste au moment où on croit avoir réussi à maîtriser la situation.

— Quelque chose comme ça, oui, acquiesça-t-elle, impressionnée par sa perspicacité.

— Être fort n'interdit pas de s'appuyer sur quelqu'un, tu sais.

— Dit un homme qui se coupe du monde sur un bateau gigantesque ?

— Un yacht, rectifia-t-il avec un large sourire. Il semble que j'aie trouvé à qui parler avec toi.

Il plongea son regard pénétrant dans le sien, puis il ajouta dans un murmure :

— Viens me trouver quand tu estimeras être en mesure de le faire, Clare. Et dis-moi ce qui remplit tes yeux d'un tel chagrin. Je te promets que ça restera entre nous.

Sur ces mots, il lui souhaita une bonne nuit. La laissant seule dans sa merveilleuse bibliothèque. Lui offrant ce dont elle avait le plus besoin sans en avoir conscience. Un peu de répit dans la peur.

# 6.

L'Hôtel Fasano – le dernier terrain de jeu prisé par les super riches à Rio de Janeiro – tenait ses promesses en matière de luxe et de raffinement. Clare en avait entendu parler sans jamais imaginer qu'un jour elle aurait l'occasion d'y séjourner. La vue spectaculaire sur l'océan et les montagnes l'apaisait autant qu'elle l'éblouissait. En descendant de l'hélicoptère, elle avait pris conscience qu'elle vivait depuis des jours avec l'impression d'être en cage. Sa condition de fugitive l'oppressait.

Sur le yacht, en compagnie de Dev, elle s'était sentie en sécurité pour la première fois depuis qu'elle avait repéré l'homme de main devant les locaux de London Connection à Londres. Cependant, elle avait été confrontée à un autre problème. Le besoin de prendre ses distances avec lui. Son regard pénétrant et sa sollicitude la déstabilisaient plus sûrement que n'importe quel mafieux. C'était plus fort qu'elle, son cœur naïf aspirait à des relations plus étroites avec lui. Mais ce n'était pas parce qu'il était attentionné et qu'il l'avait invitée à lui confier ses secrets qu'il fallait laisser son cœur s'emballer.

La veille au soir, elle n'avait pas eu envie de quitter la bibliothèque. C'était le seul endroit sur tout le yacht qui lui donnait l'impression d'être chez Dev. Comme s'il reflétait sa véritable personnalité. Elle s'était installée sur le canapé avec un livre et elle avait alterné les moments de lecture et de somnolence. Dans cet état entre veille et sommeil, elle avait remarqué que tous les livres alignés sur l'étagère la plus proche étaient accompagnés d'un livre audio. Même certains ouvrages très anciens de science, de philosophie ou de mythologie indienne.

Sur une impulsion, elle avait pris un livre sur l'hindouisme. Il était lui aussi accompagné de sa version audio. En le feuilletant, elle avait remarqué qu'il était neuf. En parfait état. Comme s'il n'avait jamais été ouvert. Elle avait examiné des éditions plus anciennes de certains classiques, et elle avait fait le même constat. Les pages étaient jaunies et l'odeur du papier légèrement différente, mais il était flagrant que les ouvrages n'avaient pas été feuilletés ou très peu.

Pourtant, elle avait senti en permanence la présence de Dev, presque comme si les livres pouvaient lui en dire davantage sur lui qu'il ne le ferait jamais lui-même. Elle avait fini par s'endormir profondément, et elle s'était réveillée dans des bras musclés, blottie contre un torse puissant. Un parfum masculin délicieusement familier avait caressé ses narines. Les paupières lourdes, elle avait levé les yeux, et son regard avait rencontré celui de Dev.

— Tu as tendance à t'endormir dans les endroits les moins confortables, Clare, avait-il murmuré d'une voix rauque.

— Je n'avais pas envie d'être seule.

— Ah, et d'après toi il y a du monde dans la bibliothèque ? Curieux. Moi, j'y entends résonner des voix. Qui ont des tas de choses à me dire, des tas de choses à m'apprendre… mais qui restent mystérieuses. C'est un peu comme si je n'entendais que leur écho.

Installée sur un transat au bord de la piscine sur le toit de l'hôtel, avec vue sur la plage d'Ipanema en contrebas, Clare plissa le front. Qu'avait-il voulu dire ?

— On sent que c'est la pièce que tu aimes le plus sur le yacht, avait-elle répliqué. Ta présence y est palpable même quand tu n'y es pas.

Une lueur étrange s'était allumée dans les yeux bruns.

— Je ne crois pas que j'appellerais ça de l'amour, Clare. Je me sens bien dans cette pièce, en effet. Mais ce n'est pas de l'amour, avait-il insisté avec dans la voix une note indéfinissable.

De la tristesse ? Peut-être. En tout cas, à travers ces propos énigmatiques, il lui avait fait une confidence primordiale. Plus elle y pensait, plus elle en avait la certitude. Mais, sur le moment, elle était tellement bien dans ses bras, l'esprit embrumé de sommeil, qu'elle n'avait pas eu le réflexe de chercher à en savoir plus.

— Moi aussi, je m'y sens bien. Ce soir je ne m'y sentais pas seule. Ni inquiète. Je me sentais… en sécurité.

Les bras de Dev s'étaient resserrés autour d'elle.

— Pourquoi es-tu venu me chercher ? avait-elle demandé le cœur battant.

Un membre de l'équipage t'a entendue alors qu'il passait devant la porte. Plutôt que de te déranger il a préféré me prévenir. Tu faisais un mauvais rêve. Tu répétais « Comment as-tu pu ? »

À cet instant même, il avait ouvert une porte.

— Tu n'es pas seule, Clare, avait-il murmuré en la déposant sur le lit d'une cabine qui n'était pas celle dans laquelle elle avait dormi la nuit précédente.

Il s'était assis au bord du lit, lui avait pris la main, puis de sa voix profonde il lui avait dit de se rendormir. Ce qu'elle avait fait aussitôt, émerveillée par cette sensation toute nouvelle. Quelqu'un était là pour la réconforter et lui rappeler qu'elle était en sécurité. Quelqu'un qui tenait suffisamment à elle pour lui dire qu'elle n'était pas seule.

Ce matin au réveil, elle avait constaté que cette cabine communiquait avec celle de Dev. Il l'avait gardée près de lui toute la nuit. En sécurité. Parce qu'elle lui avait dit qu'elle n'avait pas envie d'être seule.

Quand elle l'avait retrouvé au salon, elle avait évité son

regard, embarrassée qu'il l'ait vue aussi vulnérable. En parfait gentleman, il n'avait fait aucune allusion à ce qui s'était passé. Il lui avait simplement demandé si elle avait bien dormi. Et elle s'était contentée de hocher la tête. Aussi professionnels l'un que l'autre…

Et tout à l'heure, à leur retour à l'hôtel après la séance de shopping, elle avait eu besoin d'un peu de temps pour elle. Loin de l'homme qui perçait petit à petit son armure avec détermination. Elle avait enfilé le maillot de bain qu'elle venait d'acheter, puis elle était montée sur le toit et s'était installée au bord de la piscine avec son ordinateur.

Après avoir effectué quelques tâches administratives de routine, elle envoya un questionnaire au service des ressources humaines d'Athleta, tout récemment réorganisé, pour préparer l'une des interviews prévues. Elle consulta ensuite celui qu'elle avait élaboré pour Dev et qu'il lui avait renvoyé dans la matinée. Il réclamait des fichiers audio des questions ? Après tout, ce n'était pas une demande plus extravagante que bon nombre de celles que lui adressaient ses clients. Cependant… Elle plissa le front. Tous les livres de la bibliothèque étaient accompagnés de leur version audio… À Athleta, il avait délégué une grande partie de son pouvoir à l'homme qui l'avait trahi… Et, quand elle lui avait transmis le contrat de London Connection, il avait tardé avant de le signer… L'esprit en ébullition, Clare prit son téléphone pour dicter les questions afin d'envoyer les fichiers audio à Dev.

En fin d'après-midi, lorsque le moment de se préparer pour le dîner arriva, elle se rendit à l'évidence. Depuis le début, tous ses efforts pour réprimer son intérêt pour Dev avaient été vains. Plus elle en apprenait à son sujet plus elle avait envie d'en apprendre. Et moins elle avait envie de se limiter à des relations strictement professionnelles… Ce qui ne pouvait lui apporter que désillusion et souffrance.

Le ciel zébré d'or et d'orangé par un des couchers de soleil dont Rio avait le secret offrait un spectacle fabuleux. Quant au décor du restaurant situé sur le toit de l'hôtel, avec son éclairage rétro et ses sièges en cuir crème, il créait une ambiance feutrée très agréable. Dès que Dev avait frappé à sa porte, plus séduisant que jamais dans sa veste en lin et son pantalon sur mesure, Clare avait deviné qu'elle allait passer une bonne soirée. D'autant que le regard appréciateur qu'il avait promené sur sa robe fourreau blanche sans manches et ses sandales en daim ne lui avait pas échappé.

— Mon ami m'a envoyé un message pour me prévenir qu'ils avaient été retardés et que nous devons commencer sans eux.

N'ayant rien mangé depuis leur arrivée à Rio, Clare avait une faim de loup. Elle attaqua l'entrée avec enthousiasme et, lorsqu'elle finit par lever les yeux de son assiette, elle rencontra le regard de Dev. Il se pencha vers elle.

— Excuse-moi de te regarder ainsi. C'est juste que je suis fasciné. Tu manges comme s'il n'existait pas de plaisir plus grand.

Aiguillonnée par un petit diablotin intérieur, elle répliqua dans un murmure :

— Il n'y en a pas. À part peut-être celui d'assouvir un autre genre de faim…

Les étincelles qui jaillirent des yeux bruns l'électrisèrent. Mais, au même instant, le téléphone de Dev émit un signal. Il le consulta.

— Ils ne viennent pas.

— Oh… Tout va bien ?

Il haussa les épaules.

— Problèmes de couple, je dirais. Sa femme n'est pas toujours facile à vivre.

Elle émit un grognement dédaigneux.

— C'est une supposition ou bien c'est basé sur des faits ?

— Tu doutes de ma parole ? demanda-t-il d'un ton faussement outragé.

— En tant que membre fondateur du club des play-boys, oui absolument. Tu es peut-être une autorité dans des tas de domaines, mais ton commentaire sur le mariage… désolée, tu n'es pas expert en la matière, j'imagine ?

— Je te ferai savoir que je ne suis pas contre l'institution du mariage en elle-même.

Elle feignit de s'étrangler.

— Je ne te crois pas.

— Je suis persuadé que le mariage est un arrangement très sain pour les gens qui cherchent une relation confortable et qui veulent des enfants. Simplement ce n'est pas…

— Pas pour toi, bien sûr, coupa-t-elle en roulant les yeux. Pourquoi se contenter d'un repas quand on peut avoir tout le buffet ?

Il sourit, mais son regard n'avait rien de joyeux.

— C'est toi qui le dis, pas moi. Et je ne suis pas un saint, mais je ne suis certainement pas arrogant au point de déclarer qu'il n'existe aucune femme digne de moi.

— Alors quel est le problème ?

— L'amour nécessite quelque chose que je suis incapable de donner. C'est aussi simple que ça.

Ils s'affrontèrent du regard. Entre la brise de mer, le ciel criblé d'étoiles et l'orchestre de jazz qui jouait en sourdine, la nuit était très belle. Mais, ce qui faisait battre le cœur de Clare et vibrer son corps, c'était cet homme splendide et le regard dont il l'enveloppait. Cet homme qui se disait incapable d'aimer continuait de la fasciner envers et contre tout.

— Nous pourrions peut-être retourner dans nos chambres pour finir certains entretiens ? suggéra-t-elle pour rompre le silence qui se prolongeait. Il y a encore beaucoup…

— Ou bien nous pourrions juste savourer le reste de la soirée ? Tu es une patronne exigeante, Clare.

Il leva la main, et on leur apporta le plat suivant. Clare

but une gorgée de vin le temps de reprendre le contrôle de ses pensées.

— D'accord, mais tu vas devoir me parler de ta carrière de nageur.

— Tu n'en sais pas encore assez à mon sujet ?

— Comme je te l'ai dit, j'élabore un portrait de toi destiné à quelques magazines. Et je ne veux pas seulement les détails que tout le monde connaît. Je veux l'or pur.

— Et s'il n'y a pas d'or ?

— Laisse-moi en juger. Et il faut me faire confiance, je ne publierai rien que tu considères comme confidentiel.

— D'accord, dit-il après un silence. Que veux-tu savoir ?

— Raconte-moi comment tu es passé de champion olympique de natation à chef d'entreprise milliardaire.

— Ça s'étend sur plusieurs années très ennuyeuses.

— J'ai le temps.

Il lui fit le récit de ces années pendant qu'ils poursuivaient le repas. Un récit plein d'humour et d'autodérision, avec des pointes de colère et d'amertume à l'évocation de l'homme qui avait été son mentor avant de ruiner la réputation d'Athleta en se rendant coupable de harcèlement.

— Et ton père ? J'ai eu un appel de sa secrétaire, à propos de mon projet de portrait groupé de vous deux. En tant que président de la chambre de commerce locale, ton père…

— Pas question.

— Mais il…

— Il n'a jamais contribué à faire de moi ce que je suis, si ce n'est en m'obligeant à devenir un étranger pour ma propre famille. En me faisant douter de moi-même à tout instant. En me transformant en l'homme froid et égoïste que tu as souvent vu en moi. Alors non, je n'ai pas besoin de son aide pour améliorer mon image, merci beaucoup.

— Je n'avais pas l'intention de…

— Ne t'excuse pas. Il était inévitable que tu abordes le sujet de mon père un jour ou l'autre. C'est moi qui aurais dû te prévenir dès le début qu'il appartient à la catégorie des sujets tabous.

— Que va-t-il se passer quand vous vous retrouverez au mariage de Diya ?

— Il verra enfin qui je suis devenu. Et j'ai un plan pour désamorcer tout conflit supplémentaire.

— Dis-moi comment je peux t'aider, dit-elle machinalement.

Dev la regarda d'un air interdit. Il resta figé, comme si une idée venait de s'imposer à lui. À quoi pensait-il ? Pourquoi la regardait-il ainsi ? Oh ! elle mourait d'envie de lui demander des explications à propos des livres audio ! Elle mourait d'envie de l'embrasser, de voir ses yeux bruns devenir presque noirs sous l'effet de la passion. Elle mourait d'envie de... Mais c'était impossible. Il avait été très clair. Il ne partageait pas son rêve de mariage, maison, famille. Et il ne croyait pas à l'amour.

Clare frissonna, alors que la soirée était loin d'être fraîche. Presque aussitôt, une veste se posa sur ses épaules. Imprégnée d'un parfum délicieusement familier. Quelques instants plus tard, ils se levèrent de table.

— Veux-tu que nous allions marcher sur la plage ? demanda-t-elle lorsque l'ascenseur arriva.

Puis elle s'empressa d'ajouter :

— J'ai enregistré des questions pour toi en vue de l'interview avec la presse.

Pas question qu'il puisse penser qu'elle avait envie de prolonger la soirée. Même si c'était exactement le but de sa proposition...

— Bien sûr, répliqua-t-il avec une lueur malicieuse dans les yeux. Il ne faudrait pas que j'oublie que tu me supportes uniquement parce qu'il y a un chèque à la clé pour ton agence.

Elle n'eut pas le temps de trouver une réponse appropriée. Les portes s'ouvrirent au rez-de-chaussée sur le hall du Fasano. Une femme brune d'une beauté inouïe, vêtue d'une robe de soirée moulante en soie pêche, qui attendait l'ascenseur, s'exclama :

— Dev ? Je me disais bien que c'était toi ! Oh ! mon Dieu, tu ne peux pas savoir à quel point je suis heureuse d'être tombée sur toi…

— Angelina… que fais-tu ici ? répondit Dev avec un sourire éclatant.

La femme se jeta dans ses bras, lui pinça les joues et déposa sur sa bouche un baiser sonore.

Les oreilles de Clare se mirent à bourdonner. À son grand soulagement. Au moins, elle n'entendait rien de l'échange entre Dev et l'inconnue, qui semblaient avoir beaucoup de choses à se dire… Elle devait regarder ailleurs, ou accrocher un sourire poli à ses lèvres. Ou carrément s'éclipser… Elle resta clouée sur place, les yeux fixés sur la créature de rêve – un mannequin sans doute, son visage lui disait quelque chose. Elle avait l'impression d'avoir reçu un coup de poing dans l'estomac. Que s'était-elle imaginé ? Que ses relations avec Dev étaient en train d'évoluer vers… vers quoi ? N'avait-elle pas encore appris la leçon après tous ses rêves stupides à propos de son père ?

La vie qu'elle menait ces jours-ci n'était pas la sienne. C'était juste une bulle dans laquelle elle avait trouvé refuge en attendant la solution miracle qui lui permettrait d'échapper au terrible danger qui la menaçait. Sans un mot, Clare pivota sur elle-même et appuya sur le bouton de l'ascenseur.

— Clare, attends !

Elle soupira. Impossible de faire une scène… même si ce n'était pas l'envie qui lui manquait ! Elle se retourna, un sourire factice aux lèvres. Un bras autour des épaules de la créature de rêve, Dev déclara :

— J'aimerais que tu viennes prendre un café avec nous.

— Oh ! est-ce vraiment nécessaire, Dev ? protesta la

femme sans même un coup d'œil vers Clare. Dans une semaine, tu ne te souviendras même plus de son nom. J'espérais que nous pourrions avoir une conversation en tête à tête.

— Clare n'est pas une de mes…

Dev s'interrompit, les yeux fixés sur Clare. Comme s'il ne trouvait pas les mots pour décrire leur relation.

— C'est ma…

Leurs regards étaient rivés l'un à l'autre, et l'air vibrait d'électricité.

— Ta quoi ? demanda Angelina en tournant un regard curieux vers Clare.

— Je suis fatiguée, je vais me coucher, intervint Clare, impressionnée par le calme de sa voix.

Bravo, se félicita-t-elle intérieurement. Cette femme était d'une telle grossièreté ! Elle ne voulait surtout pas s'abaisser à l'imiter.

— Mon horloge interne est encore perturbée par le décalage horaire.

Dev hocha la tête.

— D'accord. À demain. Nous partirons juste après le déjeuner.

Le cœur de Clare se serra. Comme elle s'en doutait, c'était uniquement par politesse qu'il lui avait proposé de se joindre à eux…

# 7.

Des coups insistants contre la porte de sa suite firent lever la tête à Dev. Il posa son verre de whisky et alla ouvrir.

Clare… Blanche comme un linge, essoufflée, agitée de tremblements.

— Je suis désolée d'interrompre ton… rendez-vous, mais… je peux entrer ?

— Oui, naturellement.

Il l'attira à l'intérieur et claqua la porte.

— Que se passe-t-il ? demanda-t-il, l'estomac noué.

— Je… Tout à l'heure, je… j'ai changé d'avis, je suis allée me promener. Sur la plage. Je voulais prendre l'air avant de dormir… Je…

Elle vacilla sur ses jambes. Il passa le bras autour de ses épaules juste avant que ses genoux se dérobent et l'entraîna vers le bar en la portant à moitié, plaquée contre lui. Elle éclata de rire, le regard un peu fou.

— Tu aurais dû être joueur de football. De football américain, je veux dire.

Il déglutit péniblement. Devait-il sourire ou appeler un médecin ?

— J'ai envisagé ça comme carrière à une époque. On m'a dit que j'étais trop petit.

Nouveau rire légèrement hystérique.

— Trop petit ? Tu…

Elle le regarda de la tête aux pieds, puis des pieds à la tête. Elle gloussa.

— De mon point de vue, tu n'es pas petit du tout.

Il réprima une moue de dérision. Inutile de se rengorger. La peur avait pulvérisé le self-control qui lui servait de carapace d'ordinaire. Il prit le verre qu'il venait de se servir et le lui mit contre les lèvres. Il sentit des frissons la parcourir.

— Bois ça, dit-il d'un ton sans réplique.

Elle secoua la tête en fronçant le nez.

— Je déteste le whisky.

— Ça m'est égal, insista-t-il, un peu soulagé.

Le ton neutre avec lequel elle avait parlé indiquait que sa peur était en train de desserrer son étreinte.

— Tu as eu un choc et tu as une tête… épouvantable.

Le sang semblait s'être retiré complètement de son visage.

Elle fit la grimace.

— Exactement ce qu'une fille a envie d'entendre de la bouche de l'homme qu'elle convoite.

Il fut envahi par une chaleur familière qui ne tardait jamais à se déclencher quand Clare était près de lui.

— Je vois que le choc a eu des effets multiples sur toi.

— J'en ai assez de faire comme si je n'avais pas envie de toi.

Il pouffa et la serra plus étroitement contre lui.

— Allez, Clare. Cède, pour une fois. Au minimum, le whisky te réchauffera.

Elle ne discuta pas davantage. Ses doigts tremblaient, si bien qu'il l'aida à tenir le verre. Elle but deux gorgées, toussa et lui rendit le verre. À son grand soulagement, il vit ses joues se colorer un peu. Son propre pouls commença à ralentir et à devenir plus régulier.

— Maintenant, dis-moi ce qui s'est passé.

Des larmes s'échappèrent de ses yeux, et elle s'essuya

les joues en étouffant un petit cri d'indignation. Comme si elle les trouvait indignes d'elle.

— Je crois... Non, je sais que je l'ai vu sur la plage. Je suis rentrée en courant dans l'hôtel et j'ai sauté dans l'ascenseur.

— Qui ?

— Il est arrivé derrière moi juste au moment où les portes se refermaient.

Elle baissa les paupières et s'affaissa contre le comptoir. Il resserra son bras autour de ses épaules.

— Ce sourire mielleux... Oh ! je le verrai jusqu'à la fin de mes jours.

— Clare, de qui parles-tu ?

— De Sbire Numéro Un, bien sûr !

Ce fut plus fort que lui. Il aurait voulu éviter, mais il pouffa. Cette façon de dire Sbire Numéro Un avec une moue dégoûtée, et le courage avec lequel elle affrontait malgré tout sa peur... Il fut si surpris par le juron qu'elle lança qu'il resta sans réaction. Elle en profita pour se dégager de son bras, mais il la rattrapa aussitôt et l'attira contre lui. Elle se retrouva contre son torse, les avant-bras coincés entre eux deux, et le foudroya du regard.

— Lâche-moi, Dev !

Le ton féroce avec lequel elle avait prononcé son nom l'électrisa.

— Pas si vite, chérie, répliqua-t-il d'une voix délibérément traînante.

— Je ne vais pas rester là à t'écouter te moquer de moi, alors que je...

Un frisson la parcourut.

— Je n'aurais pas dû venir te voir.

Elle avait des réactions qui lui rappelaient les siennes. Elle était clairement terrifiée, et pourtant déterminée à tenir bon. Cette femme était une battante, comme lui. Pas étonnant qu'elle le désarçonne si souvent. Il resserra les bras autour de sa taille alors qu'elle s'agitait, et il pressa ses lèvres contre sa tempe. Elle cessa immédiatement de se débattre mais sa respiration était difficile. Il prit son temps. Pas question de faire de faux pas. Elle devait entendre les bons mots. Il sentait à quel point elle était tendue. De toute évidence, elle devait faire appel à toute sa volonté pour contenir la crise de nerfs qui la menaçait.

— Prends un moment, Clare. Si tu veux que je te lâche, je te lâcherai. Mais, pour l'instant, tu as besoin qu'on te tienne. Tu as besoin de savoir que tu es en sécurité. Tu as besoin de contact humain. De préférence masculin, solide et capable de donner au moins une illusion de sécurité. Par conséquent, quelqu'un comme moi.

Elle laissa échapper un petit rire qui vibra contre son torse.

— Je jouerai volontiers le méchant et je te retiendrai prisonnière jusqu'à ce que tu comprennes que tu peux t'appuyer sur moi.

Cette fois ce fut un gémissement qui lui échappa en sentant sa bouche contre son bras.

— Pour une fois, fie-toi à ton instinct, Clare. Pas à ta raison. Tu es venue me trouver parce que, même si par moments tu me détestes, tu sais que tu peux me faire confiance.

Il était bien placé pour savoir à quel point il était difficile de se montrer vulnérable devant quelqu'un. D'espérer des paroles réconfortantes à la place de brimades humiliantes. Il comprenait parfaitement ses réticences. Dès le début, il avait perçu les ressemblances entre eux. La nécessité de se montrer fort devant les autres.

— Je ne peux pas, murmura-t-elle d'une voix tremblante qui lui serra le cœur.

— Bien sûr que si, tu peux.

Il la serra encore plus étroitement, jusqu'à ce que ses seins s'écrasent contre son torse et que ses jambes se mêlent aux siennes. Jusqu'à ce qu'il puisse poser le menton sur le sommet de son crâne et qu'il n'y ait plus le moindre espace entre eux.

— Mais en attendant que tu puisses le décider toi-même, accepte que je t'encourage à t'appuyer sur moi.

— Pourquoi es-tu aussi gentil avec moi ?

— Oh ! tu n'as pas déjà deviné, mon cœur ? Je croyais que tu me connaissais bien.

— Oui, c'est vrai. Mais tu n'arrêtes pas de me dérouter. Je n'arrive pas vraiment à te cerner.

Lentement, très lentement, elle se détendit contre lui, et sa respiration s'apaisa. Puis il entendit un reniflement. Un petit sanglot étouffé. Il ne la lâcha pas. Il lui donna juste assez d'espace pour changer de position, et quand sa joue se posa contre sa poitrine il sentit ses larmes inonder sa chemise. Le temps s'arrêta. Il était prêt à la garder dans ses bras pendant une éternité. Il y avait chez Clare Roberts quelque chose qui l'avait attiré dès leur rencontre. Et plus il découvrait ses différentes facettes, plus il la trouvait irrésistible.

Finalement les reniflements s'arrêtèrent, et elle poussa un petit soupir. Mais elle ne lui demanda pas de la lâcher. Alors il ne le fit pas. Les secondes se muèrent en minutes, et peu à peu l'air autour d'eux se chargea d'électricité. Il devint de plus en plus conscient de ses seins pressés contre son torse, des petits frissons qui la parcouraient tandis qu'il effleurait son épine dorsale du bout des doigts, de la courbe de sa hanche sous son autre main.

Elle changea imperceptiblement de position, frottant son ventre contre le sien. Une flèche de plaisir le transperça. Il s'éclaircit la voix.

— Je ne me moquais pas de toi, tu sais.

Anxieux de dissiper la chaleur qui s'intensifiait entre leurs deux corps il changea de position à son tour, s'écartant légèrement d'elle pour rompre le contact.

— Quand tu as dit Sbire Numéro Un, c'était comme si tu étais dans un…

— … film d'horreur de série B ?

La chaleur de son souffle traversa le fin tissu de sa chemise et se répandit sur sa peau.

— Il m'arrive d'avoir la même impression. Jusqu'à ce que je me souvienne du sourire de cet homme et que tout redevienne beaucoup trop réel.

— Il ne te rattrapera pas, Clare. Je l'en empêcherai.

— J'ai envie de te croire. Je te crois. C'est juste que… Comment comptes-tu faire ? Pendant combien de temps encore vais-je devoir fuir ? Comment vais-je… ?

Il lui prit le menton et lui fit lever la tête. Après les larmes, ses yeux bleus étaient étincelants. Comme si elle avait gagné en force et en détermination.

— Tu es sûre que c'est lui que tu as vu ce soir ?

— Absolument. Je donnerais n'importe quoi pour qu'on m'assure que ce n'était pas lui.

Dev hocha la tête. C'était vraisemblable. Toutes ses sources indiquaient que le mafieux à qui elle devait de l'argent était très dangereux. Par conséquent, il était temps de passer à l'action.

— Tu vas rester ici cette nuit. Dans ma suite. Nous ne pouvons pas risquer qu'il te kidnappe à la sortie de l'ascenseur, ou même dans ta suite.

Elle ouvrit la bouche comme pour protester, puis elle la referma. Avec un soupir résigné, elle hocha la tête. Puis elle s'écarta de lui et promena autour d'elle un regard méfiant. De toute évidence, elle cherchait Angelina.

— Je… Je sais que ça ne t'arrange pas de me garder ici cette nuit, mais je ne ferai aucun bruit.

— Je ne suis pas certain de pouvoir en dire autant, plaisanta-t-il, pris d'une irrésistible envie de la taquiner. Comme tu le sais, je ne suis pas du tout discret quand je…

Elle posa la main sur sa bouche pour le faire taire.

— Tu joues avec moi.

Il écarta sa main.

— Vraiment ?

— J'ai tiré des conclusions hâtives, d'accord... Le problème c'est que je n'ai jamais fait ça.

— Quoi donc ?

— Dit à un homme que je veux être celle qu'il embrasse. Enfin, sauf la dernière fois. Avec toi. Ce qui était ma première fois.

Il resta un instant sans voix. Elle avait été si fougueuse... Il n'aurait jamais deviné.

— Je sais qu'il est beaucoup trop tard pour ça, mais j'espère que j'ai... satisfait au moins en partie ton fantasme, cette nuit-là ?

— Oui, répondit-elle sobrement.

Elle lui avait fait un cadeau inestimable. Le méritait-il ? Rien n'était moins sûr.

— Angelina n'est pas du tout ma petite copine actuelle, Clare. Tu as pris la fuite avant que j'aie eu le temps de le préciser. En plus, crois-tu que j'oserais enfreindre la règle que tu m'as imposée ?

— Ce n'est pas drôle, dit-elle en se rapprochant de lui.

Une vague de désir le submergea. Il n'y avait ni colère dans son regard ni hésitation dans sa démarche. Elle semblait déterminée à réclamer ce dont elle avait envie ce soir. Comme si la peur l'avait libérée de ses inhibitions au lieu de les renforcer. Elle le regardait avec convoitise comme s'il était un prix. Pourtant c'était loin d'être le cas.

— Non, en effet ce n'est pas drôle. Mais tu es déterminée à me considérer comme une sorte de voyou.

— Tu *es* un voyou. Tu n'es pas...

Elle détourna les yeux un instant avant de les replonger dans les siens. Il y avait une lueur nouvelle dans son regard. Il ferait bien de couper court à cette conversation. Tout de suite. La situation était en train d'échapper à son contrôle.

Mais, bon sang, cette femme était irrésistible. Même quand elle persistait à avoir une image déplorable de lui.

— Alors ce n'est pas ta maîtresse ?

— Non.

Elle s'empourpra mais ne fuit pas son regard.

— C'est juste que tu m'avais promis de ne prendre aucun risque concernant ta réputation.

Cet air de défi, ce menton relevé… Oui, décidément, elle était irrésistible. Mais elle n'allait pas s'en tirer aussi facilement…

— Allez, demande-moi. Tu meurs de curiosité. Demande-moi qui c'est.

— Qui est cette femme, Dev ?

Elle parut sur le point d'ajouter quelque chose mais, à sa grande déception, elle se ravisa. Elle était si près de lui à présent qu'il voyait la petite veine qui battait frénétiquement à la base de son cou. Et la résolution qui brillait dans ses yeux…

— C'est la femme de mon meilleur ami, Derek Lansang. Celui qui devait dîner avec nous. Et je m'empresse de préciser que je n'ai jamais eu d'aventure avec une femme mariée.

— Elle était très possessive avec toi.

— Angelina se comporte comme ça avec tous les hommes qu'elle connaît. Ça rend fou Derek, mais ça fait partie de la personnalité de la femme qu'il a épousée. Malgré leurs fréquentes querelles, ils s'aiment. Et il se trouve que j'ai certains scrupules, Clare.

— Je suis désolée. Je n'aurais pas dû tirer de conclusions hâtives.

— Non, en effet, dit-il, en prenant un malin plaisir à insister sur son erreur.

Avait-elle eu un accès de jalousie ? Les femmes crampon toujours prêtes à faire des scènes n'avaient jamais été son genre. Pourtant, imaginer Clare jalouse avait quelque chose de terriblement excitant.

— Alors c'était la femme de Derek Lansang, le footballeur ? Je me disais bien que son visage ne m'était pas inconnu.

Dev hocha la tête. Le regard de Clare plongea dans le sien.

— J'étais jalouse.

Il resta muet. Avait-il bien entendu ?

— Je... J'ai passé un très bon moment pendant ce dîner en tête à tête et je... je me suis prise au jeu. Alors quand elle est apparue et qu'elle t'a sauté au cou, j'ai eu cette... sensation très déplaisante dans l'estomac. Je sais que nous avons établi des règles et que je n'ai pas le droit d'être jalouse, mais...

Le cœur de Dev fit un petit bond très étrange dans sa poitrine.

— Mais quoi, Clare ? demanda-t-il d'une voix rauque.

— Dans l'ascenseur j'ai pris conscience que j'en avais plus qu'assez d'avoir peur. Depuis que cet homme est à ma poursuite, j'ai perdu le contrôle de ma vie. Je suis furieuse d'être piégée à ce point. Avec un peu de chance, je peux encore lui échapper demain et les jours suivants mais, tant que cet oiseau de proie planera au-dessus de moi jour et nuit, ça ne changera pas grand-chose. Je pourrais très bien lui échapper jusqu'à la fin de ma vie mais ne jamais être libre pour autant.

— Et ça te met en colère ?

— Ça me rend dingue ! Alors j'ai décidé de ne plus avoir peur. Je ne vais pas accepter mon sort et renoncer à vivre. Je vais vivre dans l'instant.

— Comment ?

— Pour commencer ? Je vais t'embrasser fougueusement comme j'en meurs d'envie depuis l'instant où je me suis réveillée dans ton dressing.

Elle promena son regard sur lui avant de le plonger de nouveau dans le sien.

— Si tu es d'accord, bien sûr.

Dev expira longuement. Bon sang, se rendait-elle compte à quel point son franc-parler était excitant ?

— À supposer que je sois…

Elle lui coupa la parole en promenant la main sur son torse. Son cœur se mit à battre à coups redoublés sous sa paume. L'attente d'un simple baiser l'enflammait tout entier comme jamais auparavant.

— Tu es d'accord. C'est tout ce qui compte pour moi. Oui, je connais déjà la décharge de responsabilité de rigueur. Que cette aventure ne mène à rien ou qu'elle ne dure pas, ça m'est égal. Je veux juste vivre pleinement cet instant. Plutôt que de vivre plus tard avec le regret de l'avoir fui. Le regret amer d'avoir laissé ce… ce sale type contaminer cette belle soirée dans cette belle ville.

Elle noua les doigts sur sa nuque, se hissa sur la pointe des pieds et enfouit le visage au creux de son épaule, les seins écrasés contre son torse. Il sentit son cœur s'emballer dans sa poitrine quand elle effleura du bout de la langue un point à la base de son cou. Mille petites flèches de plaisir le transpercèrent au moment où elle mordilla sa peau. Toutes les règles qu'il s'était imposées au fil du temps s'effacèrent de sa mémoire lorsqu'elle souffla doucement sur la petite morsure. Sans qu'il en ait conscience, ses mains se crispèrent sur ses hanches et il plaqua son bassin contre le sien. Au contact de son sexe gonflé de désir contre son ventre, elle laissa échapper un petit gémissement étranglé sur son menton. Puis ses lèvres remontèrent lentement, et sa bouche se posa sur la sienne… enfin.

Submergé par une vague de désir, il lécha avec insistance la jointure de ses lèvres. Le gémissement qu'elle laissa échapper décupla son excitation. Il referma les mains sur ses fesses et la souleva plus haut contre lui.

— Oui, s'il te plaît, murmura-t-elle contre sa bouche.

Il perdit les dernières bribes de raison qui lui restaient.

Tandis qu'il dévorait sa bouche tout en la plaquant

contre le mur, l'avenir – du moins l'avenir immédiat – lui apparut clairement.

Elle avait besoin de son aide. Il ne pouvait pas ignorer ce fait essentiel. Alors pourquoi ne pas unir leurs problèmes et leur apporter la solution idéale ? Il offrirait au monde une nouvelle image en troquant sa vie de play-boy contre une vie stable en compagnie de la femme parfaite. Était-il prudent de se lier plus durablement à une femme qui le connaissait déjà trop bien ? Ce doute effleura Dev mais il se dissipa à la faveur de leur baiser brûlant. De toute façon, il n'était pas fait pour rester lié à une femme quelle qu'elle soit. Par la suite il partirait, comme toujours.

# 8.

Clare avait oublié depuis longtemps ce que c'était de se sentir vulnérable. Enfant, entre l'absence de son père et la froideur de sa tante elle avait appris à garder un profil bas, à travailler dur et à ne pas se montrer exigeante. Une fois adulte, elle avait appris à prévoir lesquels de ses besoins risquaient de ne jamais être satisfaits et à les refouler.

Elle avait dû oublier en premier le besoin d'être aimée – inconditionnellement, bien sûr.

Mais aujourd'hui, quand elle avait quitté Dev alors qu'Angelina se collait à lui comme une plante grimpante, elle avait été submergée par un excès d'émotions. Comme si tout ce à quoi elle avait renoncé au cours de sa vie menaçait de l'engloutir. Quand Dev lui avait ouvert la porte, malgré la peur qui la tenaillait elle avait été prise d'une envie irrésistible de saisir tout ce que la vie avait à lui offrir. De vivre enfin au lieu de renoncer à tout de peur d'être déçue.

Tandis que Dev approfondissait encore son baiser, les doigts enfoncés dans ses cheveux, Clare avait le sentiment grisant d'être de nouveau vivante. Non seulement elle était assaillie de toutes parts par des sensations fantastiques, mais l'ardeur de Dev ne laissait aucun doute. Il brûlait du même désir qu'elle. Elle glissa les mains sous sa chemise, couvrit son torse de caresses, son ventre. Ses muscles qui se contractaient sous ses paumes, ses grognements rauques, ses doigts qui se crispaient sur ses fesses… c'était si bon !

Et le plaisir était accru par la familiarité qui existait déjà entre eux.

— J'avais envie de recommencer depuis ce matin où je me suis réveillée à côté de toi, murmura-t-elle contre ses lèvres. Et maintenant je me demande pourquoi j'ai attendu aussi longtemps. Je cherchais tellement à me protéger que j'ai fini par me perdre. Eh bien, c'est fini. Plus jamais ça.

Les mains de Dev remontèrent lentement de ses fesses jusqu'à ses épaules, puis il s'écarta lentement d'elle.

— Rien n'est aussi délicieux que toi, murmura-t-il en lui caressant les joues du bout des pouces. Ni aussi riche en surprises.

— C'est un reproche ? demanda-t-elle en enfouissant de nouveau le visage dans son cou.

Il enfonça les doigts dans ses cheveux et se mit à lui masser la nuque.

— Pas du tout. Rien que de l'admiration.

— Plus bas, s'il te plaît.

Il émit un rire qu'elle sentit vibrer dans tout son corps.

— Bien, madame.

— Pourquoi ? demanda-t-elle tandis qu'il entreprenait de lui masser les épaules.

— Pourquoi quoi ?

— Pourquoi de l'admiration ? Parce que je t'ai mieux embrassé que la dernière fois ?

Il laissa échapper un nouveau rire grave et chaud.

— Pourquoi pas ? Tu as transformé ta peur en passion et en détermination. Tu ne l'as pas laissée t'affaiblir… et ça, c'est une cause d'admiration et de célébration.

— Et tu sais bien ce que c'est de vivre dans la peur et d'en tirer quelque chose, n'est-ce pas ?

Elle franchissait une ligne interdite, elle le savait. Il risquait de mettre fin à cet interlude. Mais elle en avait assez d'être prudente. Il y eut un silence, mais il ne la repoussa pas et il ne lui dit pas que poser une question de ce genre dépassait ses compétences. Ni que ce baiser dévastateur ne lui donnait pas le droit de se montrer indiscrète.

— Oui, je sais ce qu'on ressent quand on est entendu par personne. Vu par personne. Et quand la seule définition qu'on a de soi-même est établie par les autres.

Elle referma les bras autour de sa taille et le serra contre lui. Il lui caressa le dos en murmurant :

— Tu es une sorcière.

Puis il l'embrassa de nouveau. Avec voracité. En crispant les doigts sur ses fesses et en plaquant son bassin contre le sien. La dureté de son sexe contre son ventre la mit au supplice.

— J'ai envie de toi.

Étonnée de sa propre audace, elle sentit tout son visage s'enflammer, mais elle insista.

— Je veux passer la nuit avec toi.

Un juron résonna dans le silence de la chambre. La saisissant par les épaules, il l'écarta doucement de lui.

— Réfléchissons un peu, mademoiselle Roberts. D'une part tu es en état de choc. D'autre part…

Le regard de Dev se posa sur ses lèvres, et il sembla avoir oublié ce qu'il voulait dire. Elle passa lentement la langue sur ses lèvres.

— Vous avez perdu le fil de vos pensées, monsieur Kohli ?

— D'abord, je pense que boire quelque chose de frais nous fera le plus grand bien et, ensuite, je suggère que nous attendions.

Elle baissa les yeux sur sa braguette. Celle-ci semblait sur le point de craquer. Un éclair de désir lui transperça le ventre en même temps qu'une bouffée d'euphorie l'assaillait. Comme c'était grisant de se sentir désirée à ce point !

— Pourquoi attendre ? Je te l'ai dit, Dev, tu n'as pas à t'inquiéter. Je n'attends rien d'autre de toi.

Les pommettes de Dev s'enflammèrent.

— Ce n'est pas ça. D'abord il faut que nous discutions

de quelque chose d'important. Je pense que j'ai trouvé une solution à ton problème.

— Mon problème ?

Il sourit, et sa fichue fossette creusa sa joue. Comme s'il n'était déjà pas assez irrésistible…

— Ne prends pas cet air inquiet. Cette solution devrait t'arracher aux griffes de la Mafia de façon permanente.

— Comment ? demanda-t-elle le cœur battant.

— Nous allons simplement nous marier.

« Nous allons simplement nous marier. »

L'idée lui avait paru simple, mais vu la tête que faisait Clare… peut-être avait-il commis une erreur. Il pensait qu'elle serait d'accord avec lui. Qu'elle verrait son idée comme une solution à son problème et rien de plus.

Pourquoi ne disait-elle rien ? Au bout de plusieurs minutes, Dev demanda avec irritation :

— Tu as un petit ami caché à Londres, qui pourrait mal le prendre ?

Quelle question stupide ! se dit-il aussitôt. Elle n'avait jamais fait la moindre allusion à une relation quelconque. Mais ça avait été plus fort que lui. Il avait été poussé par la jalousie. Jaloux, lui ? C'était vraiment ridicule.

— Naturellement que non, répliqua-t-elle avec une indignation manifeste. Tu crois que je… je ferais des galipettes avec toi si j'aimais un autre homme ?

— Des galipettes ? répéta-t-il en arquant un sourcil dans l'espoir de lui faire oublier sa question stupide.

— N'essaie pas de faire diversion, Dev, s'il te plaît.

— Alors quel est le problème ?

Elle prit une profonde inspiration.

— Le problème c'est que, le mariage, ce n'est pas rien. Ça implique des tas de choses importantes comme la confiance, la fidélité, la…

Il effleura sa joue.

— J'ai confiance en toi, Clare. C'est pour ça que je ne suis pas en hyperventilation.

— Tu es du genre à faire de l'hyperventilation ? demanda-t-elle en arquant les sourcils.

— Si la discussion porte sur le mariage, oui. Et ce que j'envisage n'est pas un mariage traditionnel.

Il passa la main dans ses cheveux. Comment en était-il arrivé à se pencher sur des sujets auxquels il n'avait jamais réfléchi jusque-là ? Le mariage. La fidélité. Les relations durables. La vie commune avec quelqu'un qui vous connaît parfaitement. Quelqu'un capable de vous faire rire et de vous pousser à devenir une meilleure version de vous-même.

*Quelqu'un qui aurait le contrôle de ta santé émotionnelle ? Qui aurait le pouvoir de détruire ta confiance en toi avec une seule pique bien ciblée ?*

Aucune femme ne valait la peine de s'exposer de nouveau à ce genre de risque. Bien sûr, ça impliquait de mener une vie solitaire. Mais c'était moins un choix qu'un mécanisme de défense. Un moyen de survivre sans trop de dommages. Le seul moyen.

— Mais, bien que ce soit un grand pas à franchir, ce serait dans notre intérêt à tous les deux.

— En quoi ?

— D'abord, ça te mettra à l'abri de ce mafieux. En tant que mon épouse, tu seras beaucoup plus en vue et protégée en permanence par une équipe de sécurité. Il ne pourra pas te kidnapper, ce qui nous laissera le temps de négocier pour voir si rembourser son prêt suffit à satisfaire son désir de vengeance. Et en ce qui me concerne, ce mariage m'apportera la respectabilité qui me fait défaut. Ce qui distraira l'attention des médias pendant que je remettrai de l'ordre chez Athleta. Ça devient lassant d'entendre mes concurrents utiliser ce scandale pour tenter de prendre l'avantage sur moi. Diya m'a appelé pour me dire que mon autre sœur et elle sont traquées par des paparazzis. Elle a également eu droit à un sermon de mon père sur le tort que je cause à la réputation de Bhai.

— Bhai ?

— Mon frère aîné.

— Ces interviews avec ta famille sont importantes. Il faut que les gens puissent voir différentes facettes de ta personnalité.

— Je suis d'accord. Et, du coup, ils verront non seulement un frère loyal mais aussi un jeune marié heureux – éperdument amoureux de sa femme. D'une pierre deux coups… Il me semble que c'est la meilleure solution temporaire.

— Je n'aurais jamais imaginé qu'une demande en mariage pourrait être présentée comme une « solution temporaire ».

— Est-ce que ça signifie que tu as déjà imaginé recevoir une demande en mariage ?

Nul doute qu'elle allait hausser les épaules en riant. Il le fallait. Il n'avait aucune envie de découvrir à ce stade que Clare était du genre romantique.

— Dans un avenir très lointain, oui. Je suis une femme d'affaires née, mais ça ne m'empêche pas de caresser l'espoir de fonder une famille. Je veux devenir épouse. Et mère.

Elle détourna la tête. Quand elle le regarda de nouveau, ses yeux brillaient d'un éclat qu'il ne leur connaissait pas.

— Je veux trouver ma place. Auprès de quelqu'un. Au sein d'une famille. Je n'ai jamais eu l'intention de me contenter de ma carrière.

Pourquoi était-il aussi surpris ? se demanda Dev. Après tout il l'avait entendue parler de ses meilleures amies. Il avait vu le désarroi sur son visage le lendemain de leur nuit passionnée quand il lui avait dit qu'il préférait en rester là. Malgré tout, il avait pensé qu'elle lui ressemblait. Qu'elle n'aspirait pas à une vie traditionnelle… Clare mariée avec un étranger dont elle aurait des enfants ? Cette idée était étrangement perturbante…

Peu importait. Il fallait mettre les choses à plat.

— Tu n'as pas encore atteint la trentaine, Clare. Ton projet reste accessible. Ce mariage n'est qu'une solution temporaire à nos problèmes respectifs. Elle ne t'oblige nullement à renoncer à tes rêves à long terme.

— Tu veux t'assurer que j'ai bien compris la situation ? Que je ne risque pas d'exiger ce que tu n'es pas prêt à donner ? Ne t'inquiète pas, j'ai bien compris.

Il aurait dû être satisfait qu'elle puisse mettre ses aspirations en sommeil aussi facilement. Alors pourquoi cette amertume à l'idée qu'elle n'envisageait pas l'avenir avec lui ? Dev haussa les épaules.

— Tout à l'heure après le dîner j'ai repéré un photographe qui travaille pour un magazine célèbre. Il nous guettait au moment où j'ai mis ma veste sur tes épaules. Je pense qu'il a fait une photo très suggestive.

— Pourquoi ne l'as-tu pas empêché de nous prcndrc ?

— Il était trop tard. Je suis sûr que ce cliché est déjà en ligne. Très vite la rumeur que j'ai une nouvelle maîtresse va circuler. D'ici vingt-quatre heures tout le monde saura que c'est toi. De cette façon nous gardons une longueur d'avance. Nous pourrions nous marier dans ma propriété dans les Caraïbes. Quand nous arriverons en Californie pour le mariage de Diya, la nouvelle de notre propre mariage top-secret sera dans tous les médias. En principe, ton mafieux devrait hésiter avant de tenter de te kidnapper. Ma famille a beaucoup d'influence.

— Et ce sera seulement un mariage de convenance ?

— Ce sera ce que tu souhaiteras. Clare, tu as confiance en moi ?

— Oui.

Cette réponse instantanée apaisa un peu la tempête qui faisait rage dans l'esprit de Dev. Si seulement il pouvait cesser de voir toutes ces images… Clare épousant un comptable quelconque. Clare courant après deux enfants.

Clare au lit avec ce comptable ennuyeux et néanmoins très doué au lit. À moins que ce soit lui-même qu'il imaginait dans le lit de Clare ? Il laissa échapper un juron. Clare le regarda d'un air interrogateur. Il secoua la tête.

— J'ai quelques conditions, dit-elle après un silence.

— Tout ce que tu veux.

— Je voudrais que nous ayons un contrat de mariage.

Il la considéra avec stupéfaction. C'était un point qu'il avait l'intention d'aborder, bien sûr. Avec une fortune comme la sienne, ça s'imposait. Malgré tout, il ne parvenait pas à se décider à en discuter avec Clare. Il ne voulait pas avoir l'air de se montrer soupçonneux avec elle. Et voilà que c'était elle qui lui présentait ce contrat comme une condition qu'elle lui imposait !

— Je suis heureuse d'avoir encore le pouvoir de te surprendre, commenta-t-elle avec un petit sourire.

Il ne dit rien.

— Je… quand tout cela sera fini… quel que soit le temps que ça dure… j'aimerais que nous nous séparions bons amis, Dev. Des amis, je n'en ai pas beaucoup mais, ceux que j'ai, j'aime les garder. Avec un contrat de mariage, notre divorce sera simplifié et nous aurons plus de chances de garder de bonnes relations, n'est-ce pas ?

— Si j'avais eu le moindre doute à ce sujet, je ne t'aurais jamais fait cette proposition.

Elle hocha la tête.

— J'en suis consciente.

— C'est tout ? demanda-t-il, embarrassé par le regard qu'elle lui lança.

Le même regard que le premier matin. Et que la nuit où il était allé la chercher dans la bibliothèque sur le yacht. Un regard qui exprimait une émotion qu'il ne savait pas comment recevoir. Et qu'il se sentait incapable de partager.

— Vas-tu inclure dans le contrat une clause imposant une énorme quantité de sexe conjugal ?

Il ne rit pas. Elle plaisantait, mais aucune lueur de malice ne brillait dans ses yeux bleus. Et si ce mariage était une solution moins simple qu'il ne l'avait imaginé au départ ? Il tendit la main à Clare.

Elle la regarda sans la prendre.

— Allons, Clare. Il faut te mettre au lit. Tu es en état de choc, et je n'aurais pas dû te parler de ça ce soir.

Elle secoua la tête d'un air têtu.

— Tu es en colère contre moi, je le comprends. Nous rediscuterons de tout ça quand tu auras eu une bonne nuit de sommeil, insista-t-il.

— Je ne suis pas du tout en colère contre toi. Je te suis très reconnaissante de tout ce que tu fais, au contraire. C'est juste que… je n'aime pas dépendre des autres. Je ne veux pas t'être redevable, Dev. Et, en même temps, je ne suis pas sûre de pouvoir me conformer à des directives imposées par contrat. Ce serait une mascarade. Ça me ferait l'effet d'être piégée, comme je le suis avec ce mafieux.

Dev lui pressa la main. Ce besoin de contrôler sa propre destinée, il le comprenait si bien.

— Que puis-je faire pour que tout ça te soit moins pénible, mon cœur ? demanda-t-il en déposant un baiser sur sa tempe. Pour que ça ressemble moins à une punition et davantage à un libre choix ? Je ne parle pas de l'énorme quantité de sexe conjugal à laquelle nous allons nous consacrer pendant ce mariage, évidemment.

Le rire de Clare gonfla son cœur de joie. C'était comme s'il venait de gagner une nouvelle médaille d'or.

Comme si, pour la première fois de sa vie, il était en parfaite harmonie avec quelqu'un.

C'était aussi la première fois de sa vie qu'il s'était exposé et qu'il avait offert à quelqu'un de lui donner tout ce qu'il pouvait. Émotionnellement, du moins.

# 9.

Dev ne cessait pas de la surprendre. De la stupéfier. Elle continuait de ne pas attendre grand-chose, et il la sidérait chaque fois.

Elle prit une profonde inspiration.

— J'ai besoin que ce soit autre chose qu'un simple… accord stérile sur le papier.

Il lui lança un regard lubrique.

— Tu ne veux pas que le sexe reste sur le papier ? Oui, ce serait dommage. Si je me souviens bien, il était explosif.

Clare pouffa et écarta du bout des doigts une mèche qui tombait sur le front de Dev. Un petit papillon familier voleta dans son estomac. Rire avec Dev paraissait la chose la plus naturelle du monde. Avoir ce genre de petits gestes aussi.

Il s'assit sur le canapé et l'attira sur ses genoux, comme s'il ne pouvait pas rester plus de quelques minutes sans la toucher.

— Je préfère dormir au milieu du lit, déclara-t-il. Et je monopolise toutes les couvertures.

— Ça, je l'aurais découvert de toute façon. Et si, moi, je partageais un secret avec toi ?

Il la regarda, et elle lut sur son visage qu'il avait compris que ce n'était pas quelque chose d'anodin.

— Clare, ce n'est pas…

Elle pressa un doigt sur ses lèvres.

— Je veux te le dire. Je n'en ai parlé à personne depuis que je l'ai découvert mais je veux te le dire à toi, Dev.

Il lui pressa la main.

— Je t'écoute, mon cœur.

— Ce n'est pas moi qui ai emprunté l'argent à ce parrain de la Mafia. En fait, la première fois que j'ai entendu dire que je lui appartenais…

Elle frissonna, et il referma les bras sur elle.

— … c'est quand son sbire m'a accostée à Londres. Je n'ai pas emprunté cet argent, Dev. Je ne savais même pas qui était cet homme.

Il lui prit le menton et lui fit tourner la tête vers lui.

— Dans ce cas, pourquoi pense-t-il que tu lui appartiens ?

— Mon père est mort il y a quelques années. Nous… nous n'étions pas une famille normale.

— Existe-t-il des familles normales, Clare ? commenta-t-il d'une voix empreinte de tristesse qui l'encouragea à continuer.

— Je n'ai pas de souvenirs de ma mère. Quand j'avais cinq ans, mon père m'a déposée devant chez ma tante. En me promettant de revenir et de me traiter comme une princesse quand il aurait fait fortune après avoir voyagé à travers le monde.

Dev l'encouragea à poursuivre d'un hochement de tête. Elle laissa échapper un petit rire désabusé.

— Ma tante n'était pas ravie, c'est le moins qu'on puisse dire. Mais elle m'a accueillie et nourrie. À part ça, dans l'ensemble elle est restée indifférente à mon existence. Et moi je me suis cramponnée aux promesses de mon père. Je croyais vraiment qu'un jour il reviendrait me chercher.

— Mais…

— Si tu me dis que c'était stupide, je ne te le pardonnerai jamais.

— Je ne dirai jamais que tu as eu une réaction stupide, Clare. Tu es une survivante. C'est tout ce qui compte.

Avant de poursuivre, elle se dit qu'elle était peut-être bien tombée un peu amoureuse de lui.

— Comme je travaillais beaucoup en classe, j'ai obtenu une bourse pour aller dans une excellente école privée. C'est là que j'ai rencontré Amy et Bea. Par la suite, j'ai trouvé un travail qui me plaisait mais j'ai toujours eu envie de me mettre à mon compte. Un jour, mon père m'a appelée pour m'annoncer qu'il était mourant mais que son travail avait fini par payer. Qu'il m'envoyait de l'argent dont j'aurais hérité à sa mort de toute façon.

« Il m'a dit que c'était un cadeau en réparation de toutes les vacances et tous les anniversaires qu'il avait manqués. J'étais à la fois follement heureuse d'avoir enfin de ses nouvelles après tant d'années et désespérée qu'il ne lui reste plus beaucoup de temps à vivre. J'ai été assez stupide pour penser que j'avais eu raison de croire en lui. C'était une somme importante, et je l'ai utilisée pour créer London Connection. »

— Il t'a envoyé cet argent ?

Refoulant les larmes qui lui piquaient les yeux, Clare hocha la tête.

— Je ne sais même pas comment ça peut fonctionner à notre époque, mais oui. Et, bien sûr, il est mort sans avoir remboursé cet argent qui n'était pas le sien. Si bien que le mafieux a fini par découvrir ce qu'il était devenu et il a concentré son attention sur moi. Mon père pensait-il vraiment qu'il ne me retrouverait pas ?

— Je suis désolé, Clare.

Dev déposa un baiser sur sa tempe et la serra contre lui comme pour l'empêcher de s'effondrer.

— Chaque jour je me dis qu'avec le temps ça deviendra moins douloureux. Que je finirai par comprendre comment il a pu agir de manière aussi inconsidérée. Il a voulu me donner de l'argent avant de mourir pour soulager sa conscience après m'avoir négligée toute ma vie, mais il n'a réussi qu'à me mettre dans la pire des situations.

« J'ai accepté de l'argent de la part d'un homme à qui je n'aurais pas dû faire confiance. » Les paroles de Clare revinrent à la mémoire de Dev. Quand elle avait dit ça, elle parlait de son père… Comment la blâmer d'avoir fait confiance à son père ? Inspirant profondément, il s'efforça de maîtriser la colère qui montait en lui. Clare avait dû se faire violence pour lui confier ce secret. C'était de réconfort qu'elle avait besoin à cet instant. Pas d'un défenseur. Elle avait été honnête dès le début.

Il comprenait mieux sa peur panique. Mais quel courage ! Comment ne pas admirer cette femme ? Quelle force de caractère il fallait pour affronter cette situation, continuer à travailler et conserver sa joie de vivre !

— Rien de tout cela n'est ta faute, Clare. C'est lui le seul coupable. Tu le sais, n'est-ce pas ?

— Oui, bien sûr. Mais il faut que je tourne la page. Je ne peux pas laisser ma colère et ma déception empoisonner ma vie, mon cœur, mon travail. Il faut que je choisisse de lui pardonner. Que je me sorte de ce pétrin et que je tourne la page. Ce qui veut dire que je vais t'épouser, t'aider à redorer ton blason…

Elle passa les doigts dans ses cheveux et il fut parcouru de frissons délicieux.

— … jouer pendant quelque temps la comédie de l'épouse amoureuse… et ensuite je pourrai de nouveau me concentrer sur l'essor de London Connection. Voilà, j'ai le sentiment d'avoir presque repris le contrôle de la situation.

Dev était très fier de Clare et sincèrement heureux pour elle, mais il ne pouvait s'empêcher d'envier la détermination avec laquelle elle choisissait de ne pas se laisser miner par la trahison de son père. Il ne possédait ni la même force ni la même générosité. Pire encore, il n'avait aucune intention de pardonner quoi que ce soit à qui que ce soit. Cependant, il fallait reconnaître que l'exemple de Clare le déstabilisait un peu. À vingt-neuf ans, il avait l'impression d'avoir déjà vécu dix vies de colère et de rancœur. Et tous les choix de vie qu'il avait faits lui semblaient à présent contaminés. Parce qu'il avait laissé le poison de son enfance circuler librement en lui toute sa vie.

— Merci de m'avoir écoutée, Dev. Merci pour tout.

— Je ne l'ai pas fait pour ta gratitude, Clare.

— Non, tu l'as fait parce que tu as voulu te conduire honorablement. Grâce à toi, ma confiance dans les hommes n'a pas complètement disparu.

Il secoua la tête.

— Ne dis pas ça, Clare. Cet arrangement est profitable pour moi aussi. Alors ne me fais pas passer pour un héros. Mais je sais que ça a dû être très dur de te livrer, alors merci pour ta confiance.

— Je ne pouvais plus te laisser croire que j'avais été stupide au point d'emprunter de l'argent à un mafieux. Ça allait quand je te prenais pour un play-boy superficiel.

Il eut un large sourire.

— J'aime ces petits titres que tu me trouves.

— Mais aucun ne te va vraiment, n'est-ce pas ?

— Que veux-tu dire ?

— Que j'ai vu autre chose de toi que ce que tu montres aux gens, Dev. Mais il reste encore beaucoup de faces cachées. J'aimerais les découvrir. J'aimerais connaître de toi ce que tu ne montres à personne.

Personne ne lui avait jamais demandé ça. Personne ne s'était assez intéressé à lui pour ça. Même sa jumelle ne connaissait pas tout de lui. Mais se confier à Clare l'obligerait à dévoiler des choses qu'il n'était pas prêt à admettre.

— Tu me confonds avec un lac profond. Mais je ne suis qu'une mare avec très peu d'eau.

Elle se dégagea de ses bras.

— Mensonges. Mais ce n'est pas grave, Dev. Si l'absence de mon père m'a appris quelque chose c'est qu'on ne peut pas exiger des gens ce qu'ils ne veulent pas donner. Cependant je veux que tu saches que j'attends autre chose de toi. De cette association. Autre chose que des orgasmes, je veux dire, ajouta-t-elle avec franchise.

Décidément, elle avait le don des déclarations inattendues… Mais il ne fallait pas la laisser nourrir de vains espoirs à propos de cet arrangement.

— Je t'ai donné tout ce que je suis capable de donner, Clare. Est-ce que ça t'aide ?

Elle fronça le nez avec un petit sourire triste. Comme si elle comprenait ce qu'il ne disait pas.

— Pas vraiment. Mais je m'en contenterai pour l'instant. Et maintenant je vais aller prendre une douche, manger une glace et me glisser dans ton lit d'amis.

Avant qu'elle ait eu le temps de s'éloigner, il la retint et l'attira de nouveau contre lui. Curieusement, il éprouvait une certaine réticence à la laisser partir, même si elle n'allait pas plus loin que la chambre voisine. Pour la première fois de sa vie d'adulte, il avait très envie de compagnie. De nouvelles confidences. D'échanges autres que sexuels avec une femme.

Avec cette femme-ci.

Et, plus curieusement encore, il ne souhaitait pas lutter contre ce désir. Toute la rancœur qui l'isolait du monde était en train de se dissiper. À cet instant, il se sentait en parfaite harmonie avec l'univers et avec Clare. Elle noua les bras sur sa nuque tandis qu'il pressait sa bouche sur la rondeur d'un sein. Elle fut parcourue d'un frisson et effleura sa nuque du bout des ongles. Vibrant de désir, il lécha la petite veine qui battait dans son cou et promena les mains sur son corps, savourant les contours de ses courbes délicates. Avec un juron étouffé, elle prit son visage à deux mains et s'empara de sa bouche avec fougue. Un petit rire ravi s'échappa de sa gorge en même temps qu'une émotion indicible l'envahissait, tandis qu'elle dévorait sa bouche comme si sa faim de lui était insatiable. Lorsqu'elle interrompit son baiser, il était fou de désir.

— Bonne nuit, murmura-t-elle avec une lueur malicieuse dans les yeux.

Il eut un pincement au cœur à la vue des cernes qui creusaient ces derniers.

— Tu n'es pas obligée de dormir seule cette nuit, Clare.

Devant son sourire gourmand, il leva la main.

— Je ne parle pas de sexe. C'est à ce cauchemar que tu as fait sur le yacht que je pense. Je crains qu'il revienne.

— Dans ce cas tu viendras me chercher et tu me porteras dans ton lit, n'est-ce pas ?

— Tu as un peu trop confiance en moi, Clare. Je te rappelle que je ne suis pas un héros.

— Ha ! Crois-moi, Dev, je ne cherche pas un héros. Parce qu'ils n'existent pas réellement, n'est-ce pas ? Les véritables héros ce sont les gens comme nous qui vivent leur vie, jour après jour, alors qu'ils n'ont en main que de mauvaises cartes.

— Dis-moi, que penses-tu savoir de moi, Clare ?

Connaître l'opinion qu'elle avait de lui était très urgent, tout à coup.

— Je pense que tu es un homme qui a plus d'aspirations qu'il n'en est conscient. Et beaucoup plus à donner que ce qu'il croit.

Sur cette réponse pleine de perspicacité, elle quitta la pièce.

Elle se mariait dans quelques minutes.

Clare regarda la robe de soie crème sans manches, légèrement évasée, qu'elle avait achetée lors d'une séance de shopping éclair à Rio avant qu'ils mettent le cap sur Sainte-Lucie. Combien de temps allait-elle devoir se le répéter pour y croire vraiment ? Elle se mariait avec un homme qu'elle aurait préféré aimer un peu moins. Et elle se mariait en l'absence de ses deux meilleures amies. À cette pensée, elle sentit sa gorge se nouer.

— C'est vraiment un beau parti, tu sais, déclara Angelina Lansang, très volubile. Tous les gens qui le connaissent vont halluciner en découvrant qu'il s'est casé en secret.

Elle gloussa, et Clare dut se retenir pour ne pas rouler les yeux. *Tous ces gens le connaissent-ils vraiment* ? *Savent-ils que c'est un homme sensible, généreux et beaucoup plus complexe qu'il le laisse paraître* ?

Pendant quelques secondes, Angelina considéra Clare d'un air songeur avant d'arborer un nouveau sourire.

— J'espère que tu es prête à affronter la curiosité des médias.

Clare resta silencieuse. Non seulement elle ne connaissait pas assez bien Angelina pour se confier à elle, mais la confusion régnait toujours dans son esprit. Même après avoir examiné la question sous tous ses angles pendant plusieurs jours… Mais Angelina attendait une réponse.

— Je ne te remercierai jamais assez pour tout ce que tu as fait, Angelina, dit-elle en souriant.

Angelina lui rendit son sourire. Depuis que Clare et Dev avaient retrouvé Derek et Angelina à Rio, le lendemain du dîner, et que Dev avait présenté Clare comme sa fiancée, Angelina avait complètement changé d'attitude.

Ce mariage n'était qu'un arrangement et la cérémonie une formalité. Combien de fois s'était-elle répété ça ? se demanda Clare en se regardant dans le miroir. C'était devenu comme un mantra, mais il n'avait aucun effet sur elle. Stupide ou pas, naïve ou pas, elle avait toujours rêvé de ce jour…

— Tu es belle.

Clare réprima une moue désabusée. En réalité, cela n'avait aucune importance. Ce mariage était temporaire, et il y aurait par la suite beaucoup d'autres femmes bien plus belles qu'elle dans la vie de Dev. À cette pensée son estomac se noua, mais elle se ressaisit aussitôt. Plus jamais elle ne laisserait la peur ou la solitude dominer sa vie. Elle se recoiffa du bout des doigts et étudia une dernière fois son reflet. D'une élégance sobre, sa robe était malgré tout assez moulante pour être sexy. Son brushing éclairait son visage, et son rouge à lèvres carmin lui faisait une bouche pulpeuse à souhait.

Elle était séduisante, elle se mariait dans quelques minutes et elle craquait complètement pour son futur mari. Et si ce mariage de convenance lui semblait bien réel, tant mieux. Parce que c'était la chose la plus réelle qui lui était jamais arrivée. Et elle avait bien l'intention de le savourer pleinement.

— C'est juste une opération de relations publiques, avait-il répondu quand son meilleur ami lui avait demandé la veille à quoi il jouait.

— Tu parles ! s'était exclamé Derek en riant. Tu es dans les ennuis jusqu'au cou, mon vieux.

Tandis que sa presque épouse avançait lentement vers lui dans sa propriété des Caraïbes, Dev entendit les paroles de Derek résonner dans son esprit. Clare était splendide dans sa robe de soie crème. Avec son sourire radieux et ses yeux brillants, elle avait tout d'une vraie mariée… Dev fut submergé par une émotion qui lui coupa le souffle. Il n'avait jamais pensé au mariage, à part pour se dire que ce n'était pas pour lui. Mais, aujourd'hui, « opération de relations publiques » semblait la pire absurdité qu'il avait jamais prononcée.

— Dans les ennuis jusqu'au cou, murmura Derek en lui donnant une petite tape sur l'épaule.

Il n'eut pas le temps de répliquer. Clare était devant lui. La femme sur laquelle il s'était promis de veiller. Mais quand il lui avait suggéré l'idée de ce mariage, il ne s'était pas du tout imaginé dans le rôle de son héros. Pendant longtemps, même une fois adulte, il avait eu du mal à se considérer comme autre chose qu'un incapable. Même après être devenu ami avec Derek à l'école militaire, même après avoir découvert son talent pour la natation. Difficile de rompre les vieux schémas… Quand il était enfant, son père s'était chargé de saper son estime de soi. « Tu n'arriveras jamais à rien si tu continues comme ça. » Jusqu'au coup le plus cruel de tous : « Ta mère a de la chance d'être partie avant de voir ce que tu es devenu. » Quand il s'était rendu compte qu'il avait pris l'habitude de se juger selon les critères toxiques de son père, il était trop tard pour changer.

Aujourd'hui, comment ne pas être bouleversé par ce qu'il lisait dans les yeux bleus de Clare ? Elle ne le regardait pas comme si ce mariage était un arrangement. Elle le regardait comme si elle était follement heureuse de l'épouser. Dès leur première rencontre, elle l'avait vu tel qu'il était. Lui. Seulement lui. Dev Kohli. Pas le play-boy superficiel ni l'homme d'affaires impitoyable. Juste lui.

Tandis qu'ils échangeaient leurs consentements puis le baiser qui scellait leur destin – du moins temporairement –, le doute s'insinua dans l'esprit de Dev. Et s'il était allé trop loin avec ce mariage ? Et s'il s'était empêtré dans une situation qui le dépassait ? Parce qu'aucun baiser ne l'avait ébranlé jusqu'au plus profond de lui-même comme celui-ci.

Comment allait-il réussir à maintenir un semblant de distance avec cette femme qu'il avait envie de garder pour lui seul ?

Comment allait-il réussir à la quitter quand ce mariage n'aurait plus lieu d'être ?

# 10.

— Tu es ivre ?

Dev leva les yeux du livre qu'il feuilletait depuis une heure. Les lettres et les mots sautaient sur les pages. Encore plus que d'habitude, puisque sa concentration était réduite à néant. Il regarda Clare. Était-elle l'instrument de cette torture ou le moyen d'y échapper ?

Elle était adossée à la porte de la chambre, éclairée par le clair de lune qui pénétrait dans la villa par les multiples lucarnes et baies vitrées qu'il avait fait installer par l'architecte. Ses yeux brillaient de curiosité… et de désir. Un désir qu'elle ne cherchait pas à cacher.

Une flèche ardente transperça Dev. Elle était sa femme, il était son mari. Il avait cru qu'un bout de papier avec leurs signatures ne représentait pas grand-chose. Il s'était trompé. Il était peut-être bien en train de découvrir qu'au fond il était un homme de tradition. Qui croyait au mariage, à la famille et à toutes ces choses que sa mère considérait comme centrales dans l'existence humaine. Mais cette découverte s'accompagnait de ce sentiment aigu d'inadaptation avec lequel il s'était débattu pendant de trop nombreuses années. Et s'il se révélait nul comme mari ?

Après des années au sommet dans les championnats de natation, puis une réussite fulgurante dans le monde des affaires, il avait oublié ce que c'était de redouter l'échec. Résultat, il était d'une humeur massacrante. Il secoua la tête.

— Non.

Les bras croisés, Clare roula les yeux.

— Bien.

— Qu'est-ce qui est bien ?

— Pour commencer, que Derek et Angelina semblent sortir de cette mauvaise passe.

— Pourquoi c'est bien ?

— Parce que de toute évidence le bonheur de Derek est important pour toi.

Il émit un grognement agacé. Vraiment, il n'avait aucune envie de parler du mariage de Derek et Angelina. Il n'avait pas envie de parler du tout.

Il avait envie d'elle. Désespérément. Il voulait assouvir ce désir autant de fois qu'il le faudrait pour en finir. Il voulait se débarrasser de cette sentimentalité ridicule qui s'était emparée de lui depuis qu'il lui avait passé la bague au doigt.

— Tu n'es pas d'humeur à parler, dit-elle en s'humectant les lèvres.

— Non.

— Si quelqu'un pouvait nous voir en ce moment, il penserait que c'est moi le seigneur et maître et toi la mariée rougissante.

Il arqua un sourcil narquois. À chaque plaisanterie, elle dissipait sa mauvaise humeur. Il rabattit la couette et tapota l'espace libre dans le lit à côté de lui.

— Tu es prête à vérifier cette théorie ?

Le désir ayant balayé son irritation, il ne se lassait pas de la dévorer des yeux.

— Qu'est-ce que c'est, ce truc que tu portes ?

Elle haussa une épaule, et une fine bretelle de sa chemise de nuit en coton blanc tomba sur son bras.

— C'est tout ce que j'ai trouvé vu le peu de temps que j'ai eu pour faire du shopping. Tu as quitté la table du dîner trop tôt, tout à l'heure. Tes amis étaient là.

— J'avais des documents à consulter.

— Tu n'es pas obligé de me fuir, tu sais.

Il fut assailli par une bouffée de désir alors qu'elle s'humectait les lèvres.

— J'ai préféré te laisser respirer un peu. Tu semblais contrarié.

Il resta silencieux. La lèvre inférieure de Clare se mit à trembler.

— Tu regrettes déjà ?

— Pas vraiment. Mais tu as raison, je ne suis pas… de bonne humeur

— D'accord, ça arrive à tout le monde, dit-elle, visiblement rassérénée.

À cet instant, il comprit ce qui le perturbait. Il ne voulait pas la blesser. Il ne voulait pas qu'elle se sente rejetée, comme autrefois avec son père. Elle était forte. Elle avait accepté leur arrangement. Il soupira. Certes. Mais c'était plus fort que lui. Il ne pouvait pas s'empêcher de se sentir responsable d'elle. Il fit tourner machinalement son alliance autour de son doigt. Elle surprit son geste.

— Tu veux que je m'en aille ?

Le temps sembla s'arrêter. Il passa la main sur son visage.

— Non. Je ne veux pas que tu t'en ailles, Clare.

Elle ne sourit pas tout à fait, mais son visage se détendit.

— Si je reste, j'ai quelques demandes à formuler.

— N'exagère pas, mon cœur.

Elle pouffa.

— Si je reste, je vais vouloir exercer mes droits maritaux. Si tu n'es pas d'humeur à accéder à ma demande ou si tu n'as pas l'énergie nécessaire, il faut me le dire maintenant.

Il éclata de rire. Puis il se lécha les lèvres tout en l'enveloppant d'un regard gourmand. À sa grande joie, son cou et ses joues s'empourprèrent.

— Je suis toujours d'humeur à accéder à ce genre de demande de votre part, mademoiselle Roberts.

— Tu oublies que je suis Mme Kohli, maintenant.

Il se renversa en arrière contre la tête de lit, envahi par une émotion intense.

— C'était ma mère. Je n'ai pas entendu dire ça depuis très longtemps.

Elle porta la main à sa poitrine, l'air consterné.

— Je suis désolée, Dev. Je n'ai pas pensé…

— Ne t'excuse pas.

Cette fois, l'évocation de sa mère n'était pas douloureuse. Pas ici, en compagnie de la seule autre femme qui le voyait tel qu'il était. Qui le regardait toujours comme s'il valait beaucoup mieux que ce que le monde pensait de lui. Beaucoup mieux que ce que lui-même pensait de lui.

— Je pense que tu lui aurais beaucoup plu.

Le sourire de Clare éclipsa le clair de lune.

— Tu crois ?

Il hocha la tête, assailli par un chagrin immense mêlé d'une joie toute nouvelle.

— Oui. Elle aurait particulièrement apprécié ta tendance à m'aiguillonner sans arrêt.

— Elle te manque beaucoup.

— Oui, chaque année elle me manque un peu plus.

— Elle devait être une femme merveilleuse.

— Oui. Elle… elle avait le don de voir les gens tels qu'ils étaient. Et de trouver quelque chose à aimer chez chacun.

— Tu me parleras d'elle ?

Il sentit son cœur se gonfler d'une émotion indicible. Cette femme… sa femme. Elle en voulait toujours plus. Plus de vie. Plus de lui. Plus d'elle-même. Plus de tout.

— Oui. Mais une autre fois. Pas ce soir.

Il lui fit signe d'approcher.

— Ce soir, c'est toi et moi, Clare. Seulement toi et moi.

À présent qu'il avait accepté ce fait, son désir pour elle revenait au premier plan. Pourquoi avait-il tenté d'y résister ?

Elle rosit.

— J'ai un cadeau de mariage pour toi.

Il eut l'impression de recevoir un coup sur la tête. Mais pourquoi était-il aussi surpris ? Elle l'avait prévenu qu'elle ne se comporterait pas comme si ce mariage était un simple arrangement.

— Je n'ai rien pour toi.

De toute évidence, ce n'était pas une déception pour elle.

— Je ne m'attendais pas à ce que tu m'offres quelque chose. J'ai vu ça quand je suis allée faire du shopping avec Angelina, et ça m'a fait penser à toi. De ton côté, ne t'inquiète pas. Je sais ce que j'attends de toi.

Il la dévora des yeux. Les pointes brunes de ses seins étaient perceptibles sous le fin coton blanc de sa chemise de nuit, tout comme le triangle sombre en haut de ses cuisses.

— Clare, je dois te prévenir que ce soir j'ai envie de passion débridée. Je n'aurai pas la patience d'être doux.

— Je ne t'ai jamais demandé d'être doux avec moi. C'est toi qui as tenu à me dorloter cette nuit-là. Alors que je ne t'avais même pas dit que pour moi c'était la première fois. Tu as senti instinctivement ce dont j'avais besoin et tu me l'as offert. Tu es comme ça, Dev. C'est ta nature. Tu ne peux pas y échapper.

— Et moi qui croyais que tu vivais dans la réalité, Clare…

Elle s'approcha encore de lui, et ses seins qui pointaient sous le coton blanc semblèrent le narguer.

— Nous avons tous besoin d'une bonne dose de réalité la plupart du temps, je suis d'accord. Mais, comme j'ai pu le constater, rêver un peu n'a jamais fait de mal à personne. En fait, c'est ce qui m'a permis de tenir le coup pendant bien des années difficiles.

Il ouvrit la bouche, mais elle le réduisit au silence en posant la main dessus.

— C'est bon. Je n'ai pas envie de discuter ce soir. J'ai d'autres projets. Plus sexy.

— Je serais enchanté d'en faire partie, Clare.

D'un mouvement vif, il la saisit par la taille et l'attira sur le lit. Elle se retrouva à genoux à côté de lui. Il prit le paquet qu'elle lui tendait et le mit de côté avant de l'embrasser dans le cou. Mais elle le ramassa et le lui tendit de nouveau.

— J'ai envie de toi, Dev. Je veux passer la nuit avec toi plus que tout au monde, mais…

Il lui prit le paquet des mains.

— D'accord…

Il dénoua le ruban, déchira le papier et découvrit un livre audio. L'autobiographie d'un athlète noir américain, qui était devenu un grand champion après avoir surmonté de nombreux obstacles. Dev possédait un exemplaire du livre papier envoyé et dédicacé par l'auteur. C'était le seul livre dont il n'avait pas de version audio. Donc il ne l'avait pas lu, bien sûr. Il fixa la pochette cartonnée pendant de longues secondes, l'estomac noué. Puis il leva les yeux vers Clare. Elle laissa échapper un petit rire nerveux.

— J'ai remarqué que tu n'avais pas la version audio de ce titre.

— Quand ?

Il fallait bien dire quelque chose pour masquer son embarras. En ne disant rien, il trahirait sa surprise.

— Oh ! je t'ai dit, j'aime beaucoup ta bibliothèque. Elle est tellement bien rangée, qu'il n'était pas difficile de voir qu'il manquait la version audio de celui-ci.

— Oui, j'avais prévu de l'acheter.

— Es-tu fâché, Dev ? demanda-t-elle, les traits crispés. Je n'ai pas voulu être indiscrète. Comme je te l'ai dit, cette bibliothèque… c'est comme si elle faisait partie de toi. J'ai pensé que…

— Non, tu n'es pas indiscrète, dit-il, stupéfait par sa perspicacité.

Il passa la main sur son visage.

— Et je ne suis pas fâché.

Pourtant, il y avait une note dans sa voix. Il était incapable de dire ce que c'était… parce qu'à vrai dire il ne savait pas exactement ce qu'il ressentait. Était-ce le choc qui lui brouillait l'esprit ? Seul Derek savait. C'était lui qui avait insisté pour qu'il fasse établir le diagnostic. Il lui avait dit qu'il n'était pas trop tard. Jamais trop tard. La seule autre personne à être au courant c'était naturellement le thérapeute qu'il avait consulté une fois le diagnostic posé. Même Diya n'avait rien deviné ni rien demandé.

— Ce n'est pas quelque chose dont je parle, dit-il d'une voix rauque. Si la dyslexie avait été diagnostiquée quand j'étais enfant, tout aurait peut-être été différent.

Clare posa les mains sur ses épaules.

— Ta réussite, ton entreprise… tu es le symbole de ce qu'on peut accomplir même quand on est différent ?

— Avant que tu poses la question, non, je n'ai pas honte d'être dyslexique, Clare.

Il aurait peut-être dû prendre un ton moins cinglant… mais il n'avait aucune envie de commencer à la rassurer. Ni elle ni personne. Il s'était toujours battu seul. Rien n'allait changer ça.

— Je n'ai jamais pensé que tu l'étais, Dev.

— Le diagnostic n'a été établi que très tard. J'avais dix-sept ans.

— Mais ta famille est si aisée, si cultivée…

Il eut un rire morne.

— Tu veux toute l'histoire, c'est ça ?

Elle hocha la tête, sans lâcher ses épaules.

— J'étais un enfant très… exubérant. Comme le raconte Deedi, ma sœur aînée, j'ai parlé très tard. Apparemment, ma mère m'a traîné chez des tas d'orthophonistes et de phoniatres. Sans résultat. Très tôt il est donc ressorti que, des quatre enfants, je n'étais pas le plus brillant.

— Qui a conclu ça ? s'exclama Clare avec une mine si outrée qu'il lui lissa le front du bout des doigts.

— Mon père. Mais ma mère ne voulait pas l'écouter. Elle faisait de son mieux pour m'aider à me concentrer. Et j'essayais. Pour elle, je faisais des efforts immenses. Mais les lettres et les mots n'étaient que de la bouillie pour moi. Plus je tentais de les identifier, plus ils m'échappaient. J'ai commencé à sécher les cours, à payer un ami pour qu'il travaille à ma place. Je manipulais Diya pour qu'elle fasse mes devoirs. Je trichais autant que je pouvais. Tout pour ne pas décevoir ma mère. Pour ne pas avoir à lui dire la vérité. Parce que je ne pouvais pas me résoudre à admettre que je ne savais pas lire. Elle m'achetait tellement de livres…

« Au bout d'un moment toutes mes ruses ont fini par être découvertes. Diya a eu de gros ennuis. Mon ami a été renvoyé de l'école. J'ai supplié mon père d'empêcher ça. Je répétais que tout était ma faute. Que c'était moi qui avais manipulé tous ceux qui m'avaient aidé. Ma mère était anéantie. Je ne me suis jamais senti aussi mal que le jour où elle a compris que je n'avais pas cessé de tricher alors qu'elle croyait que je faisais des progrès. »

— Oh ! Dev. Je suis désolée.

— J'avais voulu éviter de la décevoir. Et je l'ai accablée. J'ai trahi sa confiance.

— Et ensuite ?

— Elle n'a pas renoncé. J'ai été renvoyé de trois écoles privées. Elle a essayé les cours particuliers, et toutes les options possibles. J'entendais mes parents se quereller la nuit à cause de moi. Mon père me traitait d'imbécile et de bon à rien. Elle protestait, lui interdisait de parler comme ça de son petit garçon, disait qu'on pouvait réussir sans faire d'études, qu'elle passerait sa vie à m'aider s'il le fallait. Mon père était furieux contre moi. Je pense qu'il était surtout dépassé. Il ne parvenait pas à comprendre pourquoi un de ses enfants n'était pas comme les trois autres, pourquoi son fils était un incapable. Comme je lui en voulais terriblement et que j'étais en rébellion permanente contre lui, ça n'arrangeait rien.

— Mais tu n'étais qu'un enfant, Dev. Juste un enfant.

Les enfants n'ont pas à tenir compte de l'état d'esprit de leurs parents.

Il la serra contre lui, bouleversé d'entendre dans sa voix l'écho de sa propre souffrance passée.

— S'il te plaît, dis-moi qu'il ne t'insultait pas. Que ta mère l'en empêchait.

Il secoua la tête.

— Des insultes, non. Moi-même je me traitais de pauvre nul, entre autres. Lui, il me traitait de paresseux, d'incapable. De voyou qui n'appréciait pas les privilèges dont il jouissait. De bon à rien. Et puis maman est morte quand j'avais douze ans.

Clare noua les bras sur sa nuque, et il passa les mains dans son dos, heureux de sa présence.

— Qu'a fait ton père à ce moment-là ?

— Il m'a envoyé à l'école militaire à peine plus d'une semaine plus tard. Diya m'a raconté que Deedi et Bhai avaient eu une discussion très vive avec lui à ce sujet mais qu'il ne voulait écouter personne. Je servais en quelque sorte d'exutoire à son chagrin, je pense. De mon côté, j'étais heureux de quitter un endroit où ne se trouvait plus la seule personne qui m'avait aimé d'un amour inconditionnel.

— Tu n'es pas retourné là-bas depuis, n'est-ce pas ?

— Non, et la perspective d'y retourner bientôt est douloureuse. Mais pour Diya… je dois y aller.

— Comment ça s'est passé à l'école militaire ?

— Avec le recul, je me rends compte que c'était le meilleur endroit pour moi. La rigueur et la discipline ne m'ont pas fait de mal, et quand la nuit arrivait j'étais trop épuisé pour penser à mes défauts. C'est là-bas que j'ai rencontré Derek. Et un des entraîneurs a décelé un talent à cultiver chez chacun de nous. Le reste appartient à l'histoire.

— Tu es une preuve vivante de…

Il posa un doigt sur les lèvres de Clare.

— Je ne veux pas de compliments, mon cœur.

Elle hocha la tête, et il sourit.

— Je veux la nuit de noces qui m'a été promise. Non, la nuit de noces que tu as exigée. Je veux que tu me regardes comme tu me regardes toujours.

— Tu penses que ce que tu viens de me raconter a changé la façon dont je te regarde ?

— Est-ce que c'est le cas ?

— Bien sûr que non. Ça me donne encore plus envie de te sauter dessus, c'est tout. C'est ça que tu as envie d'entendre ?

— Oui.

Il captura sa bouche avec avidité tout en la couvrant de caresses fébriles. Tandis qu'il approfondissait peu à peu son baiser, une sensation toute nouvelle s'emparait de lui. C'était comme si, pour la première fois de sa vie, quelqu'un savait qui il était vraiment et ce qu'il avait accompli pour en arriver là. Il se sentait… entier.

Les seins écrasés contre son torse, Clare répondait avec ardeur à son baiser en laissant échapper de petits gémissements. Qui avait écarté la couette pour faire de la place sur le matelas ? Était-ce elle qui s'était débarrassée de sa chemise de nuit ou lui qui la lui avait enlevée ? Tandis qu'elle s'installait à califourchon sur lui, il referma les mains sur ses seins, savourant le contact de leurs pointes durcies contre ses paumes avant de les pincer délicatement entre ses doigts. Penchée vers lui, elle se frotta contre son sexe durci en gémissant, et il lui mordilla la lèvre inférieure avant de glisser la langue dans sa bouche. Elle enfonça les doigts dans ses cheveux.

— Je te veux maintenant, Dev, murmura-t-elle d'une voix rauque en soulevant le bassin. Et n'oublie pas que tu m'as promis de la passion débridée.

Il glissa la main entre ses cuisses, effleura son sexe du bout des doigts puis approfondit son exploration tout refermant l'autre main sur un sein. Dressée sur ses genoux,

Clare accompagnait ses caresses en ondulant des hanches avec frénésie. Les yeux clos, la tête renversée en arrière, elle laissait échapper des gémissements qui menaçaient de le rendre fou.

— Tu aimes ? demanda-t-il d'une voix étranglée.

— Plus vite, Dev. Plus fort. Donne-moi ce que je t'ai demandé. S'il te plaît…

Il pouffa, elle ouvrit les yeux et se pencha sur lui pour l'embrasser avec avidité.

— J'aime quand tu ris, murmura-t-elle contre ses lèvres.

Il accentua ses caresses. Elle redoubla d'ardeur, balançant son bassin d'avant en arrière, frottant ses seins contre son torse, les traits tendus, le souffle court. Alors qu'elle vacillait au bord du gouffre il interrompit ses caresses, enfila un préservatif et s'enfonça en elle. Leurs deux gémissements modulés se fondirent en un seul tandis qu'ils entamaient une danse lascive d'une lenteur exquise. Jamais il ne serait rassasié d'elle, songea-t-il confusément, grisé par l'harmonie qui régnait entre leurs corps. Entre accélérations et ralentis, caresses et baisers, ils furent bientôt emportés dans un tourbillon irrésistible et restèrent unis jusque dans la jouissance.

# 11.

La maison des Kohli en Californie était un véritable manoir. Dev n'y étant pas revenu depuis très longtemps, Clare espérait que toute l'attention de sa famille serait concentrée sur lui et qu'elle passerait donc plus ou moins inaperçue. Malgré tout, elle ne pouvait s'empêcher d'être nerveuse.

Paradoxalement, elle appréhendait d'autant plus de jouer la comédie que, du point de vue de la passion, leur mariage était bien réel. Au cours des deux semaines qui s'étaient écoulées depuis sa célébration, elle avait pu constater que Dev et elle avaient une foule de points communs.

Tall Oaks se dressait, majestueux, au bout d'une large allée de plusieurs kilomètres bordée d'une végétation luxuriante. Clare avait eu le temps de s'habituer au luxe et à la somptuosité des décors dans lesquels évoluait Dev partout où il allait. Malgré tout, lorsqu'elle descendit de la Mercedes avec chauffeur et contempla la façade de marbre du gigantesque manoir, elle n'était pas aussi calme qu'elle l'aurait souhaité.

La gorge nouée, elle ne pouvait s'empêcher d'imaginer Dev petit garçon dans cette propriété. Exubérant et plein d'énergie, mais perturbé par son incapacité à comprendre l'écrit. Entouré par un frère surdoué et deux sœurs qui avaient d'excellents résultats scolaires, alors qu'il était incapable de déchiffrer les lettres et les mots. Clare eut les larmes aux yeux en se remémorant ce que Dev lui avait dit des réactions de son père. Elle l'imaginait bien courant à perdre haleine, se perdant dans les bois. Tentant de se libérer des attentes déçues de ses parents.

Elle lui jeta un coup d'œil. Il détesterait qu'on ait pitié de lui. Mais elle se connaissait bien. Elle avait toujours été lucide. Ce qu'elle éprouvait pour Dev n'avait rien à voir avec de la pitié.

Elle lui prit la main. Il resta d'abord raide, la mâchoire crispée. Puis, lentement, il joignit ses doigts aux siens et expira. Il ne la regarda qu'une fois. Mais c'était suffisant. Plus que suffisant. Il savait qu'elle était là avec lui dans ce moment. Il savait qu'il n'était pas seul. Et, par ce regard, il lui disait que sa présence comptait pour lui.

Elle savait qu'il ne pouvait pas lui donner davantage. Mais ce n'était pas grave. Elle était heureuse d'être là et de partager ce moment avec lui.

— Comment vous êtes-vous rencontrés, mon frère et toi ?

Clare leva les yeux des motifs élaborés que l'artiste dessinait au henné sur sa main gauche avec une dextérité impressionnante. Une vingtaine de paires d'yeux étaient fixées sur elle. Son cœur battait au rythme de la Bollywood hip-hop fusion diffusée à plein volume par de petites enceintes astucieusement dissimulées dans la cour. Malgré le bruit, le silence semblait s'être fait autour d'elle dans l'attente de sa réponse.

Elle était en train de découvrir que la réalité dépassait de très loin tout ce qu'elle avait pu lire sur les mariages indiens. Tout au long de la succession de cérémonies réunissant une foule d'invités vêtus de tenues somptueuses aux couleurs vives, ce qui frappait avant tout c'était la joie exubérante qui imprégnait l'atmosphère. Les différents rituels, les chants, les danses, les repas, étaient l'occasion de retrouvailles entre parents, cousins, amis de la famille et enfants d'amis de la famille dans un tourbillon de conversations animées et de plaisanteries. Diya avait expliqué à Clare en riant qu'en épousant Dev elle lui avait évité d'être harcelé par une vieille amie de sa mère qui était une entremetteuse née.

Des oncles et des tantes qu'elle ne connaissait pas saluaient Clare, l'étudiaient un instant puis l'embrassaient sur la joue en lui souhaitant un mariage prospère. Diya lui avait très vite précisé en gloussant que dans ce contexte la prospérité correspondait à tous les enfants que Dev et elle étaient susceptibles d'avoir. L'image d'un garçon ou d'une fille avec les yeux pétillants, les cheveux de jais et la pugnacité de son père s'était aussitôt imposée à l'esprit de Clare. Elle avait dû se rendre à l'évidence. Elle n'était pas « peut-être en train de tomber un peu amoureuse » de Dev. Elle l'aimait. Elle voulait passer sa vie avec lui. Elle voulait que leur mariage soit un vrai mariage qui dure toujours. Elle voulait... tout ce qu'elle ne pourrait jamais avoir.

Depuis leur arrivée, il avait changé. Oh bien sûr, il discutait et plaisantait avec les gens, il jouait l'oncle gâteau avec ses multiples neveux et nièces. Et il avait bavardé un long moment avec Diya dans la cour, pendant qu'elle attendait un peu à l'écart en compagnie de Richard, le marié.

Il était triste, elle le sentait. S'il avait eu l'espoir de se sentir apaisé en revenant dans la maison familiale en tant qu'homme d'affaires milliardaire renommé dans le monde entier, cet espoir avait été déçu. Elle le voyait dans ses yeux. Elle le sentait dans son silence la nuit, quand il lui faisait l'amour avec une passion teintée de détresse. Comme s'il rêvait de s'évader. Il était clair que le retour dans la maison de son enfance le perturbait. D'ailleurs Diya lui lançait souvent des regards inquiets. Mais, quand elle avait tenté de le faire parler en présence de Clare, il avait éludé ses questions. Et il fuyait toute conversation à ce sujet avec Clare. Comme s'il ne pouvait plus communiquer qu'avec son corps. Elle n'insistait pas et lui donnait ce dont il avait besoin. Parce qu'elle l'aimait de tout son cœur.

— Clare ?

Clare leva les yeux. La sœur aînée de Dev – comme une vingtaine d'autres femmes – attendait toujours de savoir comment Dev et elle s'étaient rencontrés.

— Excusez-moi, j'étais perdue dans mes pensées.

Elle réfléchit à la meilleure réponse à donner, tandis que l'artiste lui prenait l'autre main. À cet instant elle aperçut le père de Dev, adossé au mur du fond.

Quand Dev l'avait présentée à Anand Kohli, il l'avait saluée avec une amabilité à laquelle elle ne s'attendait pas. Lorsqu'elle avait déclaré qu'elle était à la tête de sa propre agence de relations publiques, une lueur approbatrice s'était allumée dans ses yeux bruns si semblables à ceux de Dev. Mais la ressemblance s'arrêtait là. Anand Kohli ne semblait pas aussi chaleureux ni généreux que son fils. Elle l'avait imaginé furieux contre un petit garçon qui ne parvenait pas à exprimer ses problèmes avec des mots. Un homme dur qui exigeait la perfection de son fils au lieu de voir l'enfant solitaire et perdu. Jamais elle n'avait éprouvé une telle colère contre quelqu'un.

D'une voix forte, Anand avait demandé à Dev pourquoi il n'avait pas jugé utile d'informer sa famille de son mariage. Dev s'était contenté de hausser les épaules, refusant de feindre qu'il avait la moindre obligation envers son père. Puis il s'était éloigné sans un mot. Clare s'était machinalement tournée vers Anand Kohli pour lui présenter des excuses, mais elle s'était ravisée. L'homme responsable de toutes les cicatrices de Dev ne méritait aucune excuse, avait-elle songé. Pourtant, quelque chose chez lui avait éveillé en elle une certaine compassion.

— Il est attaché à vous, avait-il soudain déclaré, avec une surprise manifeste.

Elle s'était hérissée.

— Monsieur Kohli, il me semble que rien ne vous autorise à critiquer le choix de votre fils.

Il avait eu un sourire indulgent.

— Oh ! je ne critiquais pas son choix, Clare. J'étais surpris, c'est tout.

— Par quoi ?

— Je n'aurais jamais cru qu'il se marierait. Or non seulement il a sauté le pas, mais il l'a fait d'une manière tout à fait inattendue pour moi comme pour ses frère et sœurs.

— De nouveau, je ne sais pas si je dois prendre ça pour une insulte ou pour un compliment.

— Après toutes les femmes qui ont défilé dans sa vie, je suis heureux qu'il ait choisi une épouse qui convienne aussi bien à l'homme qu'il est réellement. Sa mère aurait été heureuse de vous voir avec lui.

Clare était restée muette de stupeur. Le père et le fils pensaient la même chose ?

— Pourquoi dites-vous cela ?

M. Kohli avait froncé les sourcils.

— Il est évident qu'il est heureux avec vous. Même s'il pense que je ne le connais pas.

— Mais vous ne le connaissez pas, avait-elle murmuré. Puis elle s'était éloignée sans attendre de réponse.

— Clare ?

La main de Diya sur son bras ramena de nouveau Clare au présent. Elle prit une profonde inspiration et sourit. Mentir était plus facile quand on s'appuyait sur la vérité, non ? De toute façon elle ne reverrait jamais tous ces jolis visages, puisqu'elle ne reviendrait jamais ici.

— Oh ! je… j'ai joué à la passagère clandestine à bord de son yacht.

Des exclamations stupéfaites et des questions fusèrent de toutes parts. Elle pouffa.

— J'avais passé une soirée avec lui et après il m'avait laissé tomber. Si bien que, lorsque j'ai eu la chance de pouvoir assister à une soirée à bord de son yacht, je me suis introduite furtivement dans sa cabine. Et j'ai exigé…

— Elle a exigé que je nous accorde une seconde chance ou que je la jette par-dessus bord, coupa une voix amusée derrière elle.

Elle tourna la tête. Vêtu d'un kurta blanc au col Nehru orné d'un passepoil doré, Dev était superbe. Des rires et des applaudissements accueillirent son intervention. D'autres questions furent lancées, mais Clare ne parvenait pas à détacher les yeux des siens. Elle avait dû bouger la main sans s'en rendre compte parce que l'artiste peintre marmonna quelque chose. Dev tomba à genoux derrière elle et passa un bras autour de sa taille pour maintenir sa main immobile. Puis, sans se soucier de tous les regards braqués sur eux, il l'embrassa.

Ce fut un déchaînement de cris, sifflets, applaudissements. La tendresse infinie de ce baiser faillit arracher des larmes à Clare. C'était comme si Dev lui demandait en l'embrassant quelque chose qu'il ne pouvait pas exprimer par des mots. Son cœur battait si vite qu'elle s'attendait à le voir bondir hors de sa poitrine d'un instant à l'autre. Lorsque Dev finit par s'arracher à ses lèvres, elle poussa un petit soupir tremblant.

— C'était en l'honneur de quoi ? murmura-t-elle.

Il la regarda d'un air interdit. Comme s'il trouvait cette question intimidante. Comme s'il ne trouvait pas les mots. Puis il sembla se ressaisir.

— T'ai-je dit que tu étais splendide dans ton lehenga ? demanda-t-il d'une voix charmeuse.

Elle fut submergée par une vive déception. Bien sûr, le lehenga rose pâle brodé d'or que lui avait offert Diya était somptueux. Le compliment de Dev était sincère. Mais il avait éludé sa question. Ce qu'il lui avait dit silencieusement avec son baiser ne serait pas confirmé par des mots.

— Merci, dit-elle bêtement. Comment s'est passée la soirée entre hommes hier ?

Il eut un large sourire.

— Au début, l'ennui total. Bhai ne boit pas. Richard ne parle pas… Puis Derek est arrivé, et c'était la fête.

— Vous avez pu parler un peu, ton frère et toi ?

Le visage de Dev se ferma.

— Laisse tomber, Clare.

Elle s'efforça d'ignorer la souffrance qui lui fendait le cœur. Ce n'était pas elle qui était en cause…

— Je suis venu voir si elles ne te malmenaient pas trop, déclara-t-il dans un murmure sonore destiné à être entendu par ses sœurs.

— Oh ! pff… ton épouse est en sécurité avec nous, répondit Diya.

Puis elle planta un baiser affectueux sur la joue de Clare. Dev la regarda d'un air interloqué. Clare eut le sentiment d'avoir reçu un cadeau merveilleux. Elle pressa la main de Diya, la gorge nouée.

— Pourquoi ce baiser ?

Diya sourit, les yeux humides.

— Juste pour être entrée dans sa vie. Il… Je ne l'avais pas vu comme ça depuis longtemps. Très longtemps.

Sur ces mots Diya s'éloigna, laissant un silence soudain derrière elle. Le cœur de Clare se serra. Si seulement Dev pouvait confirmer ce que sa sœur venait de dire ! Si seulement il pouvait dire quelque chose à son tour ! Un mot. Juste un mot. N'importe quoi, mais dire quelque chose…

— J'ai quelque chose pour toi.

— Mon cadeau de mariage ? demanda-t-elle pour la centième fois.

C'était devenu une plaisanterie entre eux. Un jeu.

— Non, répondit-il en secouant la tête. Encore mieux.

— Dis-moi.

— Mon équipe de sécurité a poursuivi les négociations avec le mafieux. Il a finalement accepté de me laisser…

La voix de Dev s'éteignit.

— Te laisser quoi ? s'enquit-elle avec suspicion.

— Te racheter.

— Quoi ? Quelle ordure ! Je ne suis pas un chameau !

Dev lui prit le menton et déposa un bref baiser sur ses lèvres.

— Je sais, mon cœur. Mais vois le bon côté des choses. Tu seras libre très bientôt. Tu n'auras plus jamais aucune raison d'avoir peur. De personne. Jamais.

Elle noua les bras autour de son cou.

— Merci.

Quand il se releva un moment plus tard, elle ne put s'empêcher de déclarer :

— Mais ça nous rapproche de l'échéance, n'est-ce pas ?

— Quelle échéance ?

— La rupture de ce… cet arrangement. Une fois que ta réputation sera définitivement rétablie, nous pourrons en finir. Et comme plusieurs articles très positifs ont déjà été publiés au sujet de ton mariage, plus les interviews que tu as faites avec Mlle Jones et tes sœurs, nous touchons au but.

Pour une fois, Clare n'attendit pas de voir la réaction de Dev. S'il acquiesçait ou s'il plaisantait, elle ne le supporterait pas…

Soulevant délicatement le bas de son lehenga rose pâle, elle s'éloigna. Pourquoi se sentait-elle aussi abattue alors qu'elle était sur le point de retrouver sa liberté ?

# 12.

— Vas-tu lui parler ?

Dev réprima un soupir. Il savait que cela lui pendait au nez. Il le voyait dans le regard de Clare depuis trois jours.

Elle était devenue distante depuis qu'il lui avait annoncé qu'elle allait être débarrassée du mafieux. Il crispa la mâchoire. Il n'attendait pas qu'elle tombe à genoux de gratitude, mais quand même…

Elle lui avait rappelé qu'ils pourraient bientôt mettre fin à leur arrangement. Un rappel inutile étant donné le temps qu'ils avaient consacré à redorer son image… Ces derniers temps ils n'avaient pas eu une seule soirée de libre.

Un mariage auquel Diya les avait invités. Un gala de bienfaisance, où Clare avait fait de la publicité pour la retraite solidaire annuelle qu'Athleta organisait avec des athlètes stars… Et, aujourd'hui, après-midi dans un centre de loisirs pour la jeunesse situé dans un quartier déshérité, qu'il soutenait financièrement depuis toujours.

Derek et lui avaient joué au flag football avec les ados pendant que Clare et Angelina avaient passé plus de deux heures à discuter avec le directeur et les journalistes invités par Clare.

Clare. Avec quelle énergie elle travaillait à rétablir la réputation d'Athleta… Avec quel naturel elle s'était coulée dans sa vie… Avec quelle facilité elle avait gagné l'affection de sa famille…

Il avait vu son frère – encore plus allergique que lui aux discussions « à cœur ouvert » – parler avec elle en tête à tête pendant plus d'une heure. Il avait même surpris son père en train d'engager spontanément la conversation avec elle ! Quant à Diya et à sa sœur aînée, elles passaient souvent de longs moments avec elle à bavarder, rire, plaisanter…

Régulièrement, à un moment ou à un autre, Clare levait la tête – comme si elle avait porté un détecteur qui l'aurait avertie de sa présence –, et leurs regards se croisaient, et leur désir omniprésent faisait jaillir des étincelles. D'ordinaire il lui adressait un clin d'œil en souriant, elle lui rendait son sourire en rougissant… et les étincelles continuaient de jaillir. Quel que soit le moment de la journée. Quel que soit l'endroit où ils se trouvaient.

Mais depuis trois jours elle ne souriait plus, elle ne rougissait plus, elle ne le regardait plus.

Chaque nuit, il craignait qu'elle prenne ses distances au lit aussi. Il le redoutait au point d'en avoir l'estomac noué. Parce que seules ces nuits avec elle l'aidaient à supporter la souffrance qu'il ressentait toujours dans cette maison où il était un étranger parmi sa propre famille.

Heureusement, à sa grande surprise et à son immense soulagement, la nuit, ils se retrouvaient, plus unis et passionnés que jamais. La nuit dernière encore, le contact de son corps souple et chaud l'avait enflammé dès qu'il s'était glissé sous les draps.

— Clare, qu'est-ce que…

Elle avait pressé sa paume contre sa bouche en secouant la tête.

— Je n'ai pas envie de parler, Dev. S'il te plaît, tu veux bien… juste me faire l'amour ?

— Oui, avait-il répondu aussitôt.

Plus tard, alors qu'ils vibraient encore de plaisir l'un et l'autre, il avait senti sa joue inondée de larmes sous sa paume. Il s'était contenté de la tenir dans ses bras sans rien dire, le temps que sa respiration s'apaise et que le sommeil la gagne. Et il était resté éveillé. À réfléchir. Qu'attendait-il d'elle ? De lui-même ? Il n'en avait aucune idée. Ils n'étaient pas réellement mariés, après tout.

— Tu vas continuer à faire comme si je n'étais pas là en train de te sermonner ?

La voix de Clare interrompit les pensées de Dev.

— Tu as tout d'une authentique poissonnière, mon cœur, répliqua-t-il, déterminé à la faire sourire pour la première fois depuis des jours.

Mais quand il leva les yeux, son propre sourire s'évanouit. Il eut l'impression de recevoir un coup de poing dans l'estomac. Elle était vêtue d'un kurta bleu pâle à col rond et d'un pantalon ample. Un minuscule bindi rouge était peint sur son front. Et elle avait autour du cou un collier de perles noires, au milieu desquelles étincelait un diamant.

Effaré, il passa des doigts tremblants dans ses cheveux.

— Qu'est-ce que…

Il dut s'éclaircir la voix.

— Qu'est-ce que tu portes ? Je croyais que toutes les cérémonies s'étaient terminées hier soir.

Elle porta la main au collier, le regard inquiet.

— Oui, elles sont finies. Diya et Richard partent pour Malibu dans deux heures. Ça… Tes tantes et Deedi et Diya… elles ont organisé une petite cérémonie pour moi à la première heure ce matin.

— Quoi ?

— Comme nous les avons privées de notre mariage, elles ont organisé une cérémonie surprise pour moi. Pour m'accueillir en tant que belle-fille de la famille. Ton père était là aussi. Ils m'ont tous offert des cadeaux. Des bijoux, des vêtements. Et ça…

Elle toucha de nouveau le collier.

— Il appartenait à ma mère.

— Je sais. Diya me l'a dit. Je lui ai répondu que je

ne pouvais pas l'accepter. Elle a insisté. Elle m'a répété plusieurs fois que ta mère aurait voulu qu'il me revienne. Qu'elle aurait été très heureuse si elle avait été là aujourd'hui.

Dev détourna les yeux, la gorge si nouée qu'il avait du mal à respirer.

— Bien sûr.

— Il ne faut pas que tu sois contrarié.

Dans son dos, le ton de Clare était neutre. Sentait-elle à quel point il était bouleversé ? Si elle pouvait voir à quel point il avait envie que ce collier lui revienne… à quel point il avait envie que…

Il avait envie de laisser cette chose entre eux s'épanouir. Il avait envie de s'y abandonner sans réserve et pourtant… quelque chose l'en empêchait. Quelque chose l'en empêchait toujours. Et le fait d'être ici, dans la maison de son enfance, n'arrangeait rien.

— Je n'ai pas prévu de le voler, Dev. Je me suis dit qu'il était plus facile d'accepter tout ce que ta famille voulait m'offrir, puis te le rendre par la suite. Sinon j'aurais été obligée de leur dire que je ne suis qu'une mariée factice.

Il se retourna et vit la colère dans ses yeux.

— Enfin, Clare. Je n'ai pas pensé un seul instant que tu le volais.

Elle haussa les épaules et se détourna.

— On voit sur ton visage que tu y tiens énormément.

— Quelle importance a une babiole si elle n'est plus là pour la porter ? Si tu ne supportes même pas…

*… de me regarder.* Il ravala ces paroles.

— Tu dois le garder. De toute façon, je ne vais pas me précipiter à la recherche d'une autre épouse tout de suite. Ni jamais.

— Je n'en veux pas. Pas quand c'est un geste vide de sens. Pas quand il est donné sans…

— Sans quoi ?

— Sans ce qu'il représente réellement.

Il haussa le ton.

— Je n'arrive pas à croire que nous nous querellons à propos de ce collier, alors qu'il y a…

Il leva les mains et soupira.

— Je suis désolé, Clare. Je ne suis pas moi-même. Pas dans cette maison.

— Je comprends ça, Dev. Je t'assure.

Le visage de Clare se radoucit.

— Je m'étais promis d'être aimable et calme avec toi aujourd'hui.

— Plutôt qu'agressive et despotique ? lança-t-il en riant.

Elle ferma la porte de la chambre.

— Dev, parle avec ton père s'il te plaît.

— Tu as vraiment envie de te quereller avec moi aujourd'hui, n'est-ce pas ?

Elle soutint son regard.

— Pas du tout. Mais, s'il le faut, j'y suis prête.

Il soupira.

— Pourquoi tiens-tu tant à ce que je discute avec l'homme qui m'a accablé quand j'étais enfant ?

— Parce que je pense qu'il a enfin pris conscience d'avoir commis une erreur. Parce qu'il ne sait pas comment te demander pardon.

— Pourquoi es-tu de son côté, Clare ?

Dès qu'il eut fini de poser cette question, Dev prit conscience du problème. Ce qu'il pouvait être pathétique ! Complètement infantile. Dans ces murs, il semblait être redevenu un préado caractériel.

Était-ce donc cela qui le perturbait ? Que Clare s'entende aussi bien avec sa famille, avec son père ? Il voulait qu'elle soit à lui et à personne d'autre ? Mais elle était à lui ! Seulement à lui. La première et seule femme qui l'avait mieux compris qu'il ne se comprenait lui-même.

Elle le rejoignit, lui prit une main et pressa les lèvres sur ses doigts.

— Je suis de ton côté, Dev. Toujours.

— Alors pourquoi me demandes-tu de faire ça ? Tu sais bien que pour moi c'est impossible !

— Parce que je tiens à toi.

Elle posa la main sur son torse. Comme si elle revendiquait son cœur.

— Parce que je pense que lui parler, écouter ce qu'il a à dire, que ce soit pour te demander pardon ou pour se justifier… je pense que ça te fera du bien. Je pense que ça dissipera enfin le ressentiment et la colère qui bouillonnent en toi depuis si longtemps. Je pense que, tant que tu n'auras pas regardé ton passé en face et tourné la page, il n'y aura pas d'avenir heureux possible pour toi.

— Je suis ici, non ?

— Es-tu vraiment ici ? As-tu laissé la moindre chance à ton frère de se rapprocher de toi ? As-tu laissé la moindre chance à Diya de te voir tel que tu es vraiment ? Ou es-tu venu ici uniquement pour parader devant ton père ? Pour lui prouver que tu es devenu riche et puissant ? Pour lui faire un pied de nez ? J'ai un peu discuté avec lui et, même si c'est un homme de soixante-cinq ans engoncé dans ses principes, je pense qu'il a compris qu'il t'a fait du tort et qu'il essaie sincèrement de changer.

— Bien sûr. Mais uniquement parce que j'ai changé, tu ne comprends pas ? Je ne suis plus un voyou incapable et paresseux, comme il disait autrefois. Aujourd'hui il peut se permettre d'être fier de moi. Il peut se permettre de m'appeler son fils.

— Ce n'est pas récent, Dev. C'est ce que Deedi a essayé de te dire. Il suit ton parcours depuis des années. Toute ta carrière de nageur, ta première création d'entreprise, ton premier rachat, le travail que tu accomplis avec Athleta. Il est fier de toi depuis très longtemps.

Il secoua la tête. L'amertume en lui était si dense et si profonde qu'elle restait incrustée. Il souhaitait tellement se débarrasser de ce poison… Mais il n'y arrivait pas. Un grognement de frustration lui échappa.

Clare noua les bras autour de la taille de Dev et le serra contre elle.

— Parle-lui, Dev. Fais la paix avec ton père. Pour toi au moins. Malgré ce qu'il a fait, si j'avais encore une chance de voir mon père je la saisirais.

Dev attendit un instant, mais sa respiration ne s'apaisa pas.

— Je ne peux pas, dit-il en s'écartant de Clare. Je ne peux pas prendre le risque de le laisser…

— Te faire souffrir de nouveau, termina-t-elle d'une voix triste en s'écartant à son tour. Qu'est-ce que ça signifie pour nous ?

— Que veux-tu dire ? Ça ne change rien.

Elle resta silencieuse, et il se sentit désemparé. Il l'attira de nouveau contre lui.

— J'ai besoin de t'embrasser, mon cœur.

— Oui, s'il te plaît.

Il l'embrassa avec une ferveur mêlée de détresse et, quand il s'arracha à sa bouche, elle posa la main sur sa joue.

— J'ai prévu de prendre l'avion pour Londres ce soir.

Devant la mine renfrognée de Dev, Clare sentit son cœur se serrer. Le moment était peut-être mal choisi mais, de toute façon, il n'y avait pas de bon ou de mauvais moment pour dire à l'homme qu'on aimait… qu'on était folle de lui.

— Je vais faire préparer le jet pour dans une heure ou deux. Nous partirons ensemble.

— Non.

Elle s'écarta de lui, la mort dans l'âme.

— Je préfère y aller seule. Ça fait des semaines que je n'ai pas mis les pieds au bureau. Amy et Bea doivent se demander ce que j'ai fabriqué.

— Et ma présence risque de gâcher tes retrouvailles avec tes amies ? demanda-t-il d'un ton vif.

— Non. Je veux juste mettre de l'ordre dans mes idées.

— Je ne comprends pas de quoi tu parles.

— Je suis tombée amoureuse de toi, Dev.

Elle posa les doigts sur le collier à son cou.

— Je… J'ai envie que ce mariage soit bien réel. Je veux être Mme Kohli. Je veux que ta famille devienne ma famille. Et, surtout, je veux partager ma vie avec toi. Es-tu prêt à modifier notre arrangement pour exaucer mes souhaits ?

Il resta à la regarder, silencieux, immobile. Elle eut un petit rire amer.

— C'est bien ce que je pensais. C'est pour ça que j'ai pris les devants. Je sais à quel point il est difficile de surmonter les blessures du passé pour les empêcher de conditionner l'avenir. J'ai attendu le retour de mon père pendant des années. Des décennies. Tu sais comment ça s'est terminé. Tu as vu le mal que j'ai eu à m'en remettre. C'est toi qui m'as redonné confiance en la nature humaine au moment où j'étais sur le point de la perdre définitivement. Mais aujourd'hui je ne peux pas recommencer à attendre qu'un homme m'aime. Je ne peux pas… parce que, cette fois, ça me briserait irrémédiablement. Parce que je t'aime trop. Tu ne veux pas faire de place à l'amour dans ta vie, n'est-ce pas ? Il faut donc que je m'en aille. Pour reconstruire de nouveau ma vie. Et décider qui je veux être… ensuite.

Clare déposa un baiser sur la joue de Dev et huma son odeur.

— T'aimer a rendu ma vie plus belle, Dev. Ça, ça ne changera jamais. Mais il faut que tu choisisses le bonheur. Avec moi. Il faut que tu décides si tu peux me faire confiance. Si je vaux la peine que tu prennes le risque de me laisser enfin entrer dans ton cœur.

# 13.

Que faisait-il encore là ? Dans la maison de ses parents en Californie. Cette maison où il ne s'était jamais senti chez lui.

Derek et Angelina étaient partis depuis longtemps. Diya et Richard s'étaient envolés pour leur lune de miel quelques heures après le départ de Clare. Son frère et sa sœur aînés s'en étaient allés eux aussi avec leurs familles nombreuses respectives. Bien entendu, ses sœurs lui avaient demandé toutes les deux pourquoi Clare était partie aussi brusquement.

Quand la ramènerait-il pour une visite ?

Quand allait-il les laisser organiser une fête pour célébrer leur mariage ? Avait-il convaincu Clare de s'installer en Californie avec lui afin qu'ils soient tous plus proches les uns des autres ?

Comme s'il était un étranger avec qui ils ne pouvaient pas communiquer sans le pont que Clare avait construit. Comme si elle avait… rouvert quelque chose entre lui et eux. Comme si elle avait ranimé une étincelle dans son cœur froid.

Il y avait des tas d'affaires qui nécessitaient son attention, des dizaines de réunions qu'il manquait en restant ici. Mais une étrange léthargie semblait l'empêcher de quitter les lieux.

La maison paraissait différente. Les murs plus clairs. Se voir sur la photo de famille accrochée au-dessus de la cheminée – cette photo sur laquelle il avait tenté de ne pas figurer – ne lui faisait plus l'effet d'une plaisanterie du plus mauvais goût.

Au fil des heures et des jours, la maison semblait changer graduellement autour de lui. Comme si, pour la première fois depuis des années, il parvenait à y respirer. Ou était-ce lui qui avait changé ?

Ou bien était-ce Clare qui avait rendu sa vie meilleure au point que le passé n'avait plus le même poids ?

En s'asseyant dans l'énorme bibliothèque au plafond voûté et aux murs tapissés de livres qui lui avaient toujours fait l'effet d'objets hostiles et inaccessibles, Dev prit conscience qu'il n'éprouvait plus cette rancœur qui l'avait accompagné pendant toute son enfance. Il ne se sentait plus en cage.

Parce que désormais, dans n'importe quelle pièce de la maison, n'importe quel coin, n'importe quel recoin, il voyait Clare.

Il la voyait rire avec Diya et Deedi. Il la voyait devenir écarlate en mordant dans le *pakoda* épicé que son neveu lui avait glissé dans la bouche pendant qu'elle riait. Il la voyait lever les yeux alors qu'elle était assise au milieu de tous ses cousins, rencontrer son regard et lui sourire.

Il la voyait l'embrasser, lui dire qu'elle l'aimait avec les yeux, avec le cœur. Mais, quand elle le lui avait dit avec des mots, il n'avait pas été capable de les entendre. Il n'avait pas été capable de comprendre ce qu'ils lui avaient coûté…

Son père était toujours là, il le savait. La maison était si immense qu'ils pouvaient ne jamais s'y croiser si ça les arrangeait. Cependant il sentait sa présence en permanence.

— Cette maison est la tienne, lui avait dit son père la seule fois où il s'était approché de lui assez près pour lui laisser une chance de lui parler.

*Je n'en veux pas.* C'était ce que Dev avait failli répondre du tac au tac, mais quelque chose l'en avait empêché. Non, pas quelque chose. Quelqu'un. Clare.

— Ta femme, avait poursuivi son père avec sa voix de stentor, je pense qu'elle va aimer la maison. Elle va avoir envie d'élever une famille ici avec toi.

Il l'avait regardé avec stupéfaction. Pour la première fois de leur vie, son père et lui avaient semblé partager la même pensée. L'image de Clare dans cette maison avec lui était si nette dans son esprit qu'il était resté sans réaction.

— Qui êtes-vous ?

S'il n'avait pas eu l'impression d'avoir le cœur coincé dans la gorge, Dev se serait esclaffé devant les deux femmes qui lui barraient le passage dans les bureaux de London Connection ; l'une grande et élégante, l'autre un peu plus petite. Toutes deux avaient l'air implacable de deux sentinelles. Chargées de protéger leur meilleure amie.

Il fut un peu soulagé de constater que Clare n'était pas seule. Elle avait ces femmes pour la soutenir. Elle…

— Je suis venu voir Clare, déclara-t-il en s'efforçant de masquer son impatience.

— Nous vous avons entendu la première fois. La question était « Qui êtes-vous ? »

Il passa la main dans ses cheveux.

— Vous le savez parfaitement, bon sang. Je suis le mari de votre meilleure amie.

La surprise les réduisit enfin au silence. Jusqu'à ce que l'une se mette à marmonner et l'autre à hurler quelque chose comme « Oh ! mon Dieu, il est ici ! »

— Je ne pense pas que vous ayez raison d'être venu ici, dit la plus grande.

— Attends, Bea, nous n'en savons rien. Elle a peut-être envie de le voir. Tu sais dans quel état elle est depuis son retour. Et puis c'est notre plus gros client, maintenant.

Juste avant qu'elles parviennent à rendre Dev complètement

fou, Clare apparut derrière elles, dans l'entrebâillement d'une porte.

— Que se passe-t-il… ?

Sa voix s'éteignit, et elle redressa les épaules.

— Salut, Dev.

Il déglutit péniblement, la gorge bloquée par le torrent d'émotions qui remontait de sa poitrine. Finalement, il choisit de ne rien dire. Il se contenta de hocher la tête. En la dévorant des yeux. Un peu austère mais très élégante en jupe noire et chemisier blanc.

— Je ne savais pas que tu venais à Londres.

Son ton indiquait clairement qu'elle se serait trouvée à l'autre bout du monde si elle l'avait su.

— Aurais-je oublié quelque chose dans le programme ? Je croyais que nous avions bouclé tous les événements concernant Athleta.

— Non. Tout est OK. Je suis sûr que tu as vu les articles. Je suis maintenant considéré comme le P-DG modèle du XXIe siècle.

— Dont toutes les fans sont inconsolables parce qu'il a épousé secrètement une Anglaise.

Clare s'empourpra et croisa les bras dans un geste de défense qui serra le cœur de Dev.

— C'est bon, Bea. Il sera de nouveau sur le marché très bientôt.

Elle plongea son regard dans le sien.

— Au fait, puisque tu es là nous pourrions peut-être finaliser…

— Non ! s'écria-t-il, excédé.

— Non quoi, monsieur Kohli ? demanda la blonde qui devait être Amy.

— Je ne serai pas de nouveau sur le marché.

Avant qu'une autre question ait eu le temps de fuser, il rejoignit Clare en deux enjambées.

— Je veux te parler en privé.

— Je ne vois pas ce que nous avons à nous dire, répondit-elle, le souffle un peu court. Jouer l'épouse amoureuse de M. Kohli ne m'intéresse plus.

— Non ? Tu étais pourtant très bonne dans le rôle, répliqua-t-il avec un large sourire, reprenant confiance.

Il allait devoir supplier, oui bien sûr, mais elle lui pardonnerait. Elle l'aimait. S'il avait une certitude au sujet de Clare, c'était qu'elle ne donnait pas son cœur facilement. Et une fois qu'elle l'avait donné, elle n'était pas du genre à le reprendre. Jamais. Mon Dieu, quel imbécile il avait été ! La femme qu'il avait épousée n'était pas versatile. Elle n'allait pas le chasser de sa vie uniquement parce qu'il avait mis un peu de temps à voir ce qui était sous son nez.

— As-tu reçu le portrait accompagnant la dernière interview que je t'ai envoyée ?

Les yeux bleus de Clare s'agrandirent.

— Je viens juste de le consulter. Je… C'est une démarche courageuse et percutante de rendre publique ta dyslexie.

Il sourit.

— Je ne l'ai pas fait pour être courageux ou percutant. Je l'ai fait parce que j'ai pris conscience que tu avais raison. Je persistais à me juger selon les critères de quelqu'un d'autre. En réalité, dévoiler que je suis dyslexique est une démarche égoïste, Clare. Si je l'ai fait c'est pour me prouver et te prouver que… je choisis le bonheur. Que je choisis l'amour. Que je te choisis. Je t'aime, mon cœur. Je veux vivre mon avenir avec toi, si tu veux toujours de moi. Je suis même prêt à renoncer à mon yacht gigantesque si ça m'assure des lendemains avec toi…

Des larmes noyèrent les yeux de Clare puis inondèrent ses joues. Elle semblait si abasourdie qu'il fut pris d'un doute.

— Tu n'as toujours pas confiance en moi ? demanda-t-il d'une voix rauque.

Elle secoua la tête. Puis elle se jeta dans ses bras.

— J'ai confiance en toi depuis la première nuit. Tu m'as

rendu mon cœur, Dev. Mais tu étais tellement déterminé à rester célibataire.

— C'était avant que tu fasses irruption dans ma vie, Clare. Je t'aime. Je pense que je suis tombé amoureux de toi quand je t'ai trouvée endormie dans mon dressing. Pardonne-moi d'avoir été stupide au point de ne pas voir ce que tu m'offrais, mon cœur.

Ignorant les murmures dans son dos, il ouvrit les premiers boutons de sa chemise, dévoilant le collier qu'elle avait laissé sur sa table de chevet.

— Je veux que tu restes mon épouse pour toujours, Clare. Mon père a essayé de me donner la maison familiale mais, si l'idée ne te plaît pas, je veux que tu m'aides à en choisir une pour nous, là où tu voudras. Je veux que tu aies une grande famille avec moi parce que je sais que tu en rêves depuis toujours. Je veux apprendre à nos enfants à devenir forts et courageux comme toi. Je veux que tu me donnes une chance de t'aimer comme tu as toujours mérité de l'être, ma chérie. Et je te promets de ne jamais plus te faire attendre. Ni une minute ni une seconde.

Elle enfouit le visage dans son cou en murmurant entre ses larmes :

— Je t'aime, Dev. De tout mon cœur.

# Épilogue

— Faut-il que nous changions le nom de notre société maintenant que nous avons des bureaux sur deux continents ? demanda Bea.

Clare leva les yeux vers son amie, qui considérait la question d'un air songeur. Son mari, Ares, était assis à côté d'elle sur le canapé, un bras autour de ses épaules. Amy et Luca, pressés l'un contre l'autre dans le fauteuil relax, discutaient avec animation pour décider où ils passeraient Noël.

Elle sourit d'un air ravi tandis que deux bras puissants se glissaient autour de sa taille pour l'attirer en arrière contre un corps délicieusement musclé. Une vive chaleur l'envahit tout entière en même temps que l'odeur familière de son mari l'enveloppait.

— Tu vas répondre à la question de Bea ou tu vas continuer à sourire comme une demeurée ? ajouta Amy en riant.

— Luca, s'il te plaît, conseille à ta femme de ne pas traiter la mienne de demeurée.

Luca pouffa tandis qu'Amy rétorquait :

— Ta femme est le P-DG de notre société et, puisqu'elle a pris la décision unilatérale de nous laisser tomber pour s'installer en Californie et ouvrir un bureau américain, Bea et moi, nous nous posons des questions.

Clare se redressa. L'incertitude perceptible dans la voix

d'Amy était la même que celle qui se lisait sur le visage de Bea. Ses amies n'étaient pas inquiètes pour la société ni pour les parts qu'elles possédaient. Mais London Connection les avait réunies toutes les trois à une époque où elles n'avaient absolument rien d'autre.

— Bien sûr que non. Nous n'allons pas changer de nom. Je serai juste à quelques heures de vol de vous. Et n'oubliez pas, mesdames, que nous sommes des femmes du XXIe siècle.

— Ce que Clare veut dire, Amy, expliqua Bea en souriant à Ares, c'est qu'Ares, Luca et Dev ne doivent pas se faire d'illusions. Pour nous, le business passe avant tout le reste.

Clare se joignit à l'éclat de rire général, le cœur gonflé de joie.

Quelle chance incroyable elles avaient eu de tomber toutes les trois amoureuses d'hommes aussi merveilleux !

Vous avez aimé ce roman ?
Retrouvez en numérique l'intégrale de votre série
« Relations privées » :

1. *Honneur ou scandale*, Dani Collins
2. *Minuit à Venise*, Clare Connelly
3. *Le yacht de la passion*, Tara Pammi

Retrouvez prochainement,
dans votre collection

# AZUR

**La vengeance d'un Espagnol,**
**de Pippa Roscoe - N°4631**

Emily n'a pas revu Javier Casas depuis qu'elle l'a quitté, six ans plus tôt. C'est donc un choc pour elle d'être appelée au chevet de son époux, blessé au cours d'un accident. Alors que les médecins le disent amnésique et demandent à Emily de prendre soin de lui, elle doute. Ou plutôt, elle *sait* que Javier, fidèle à lui-même, se souvient de tout et ne cherche qu'à la ramener chez lui pour lui rappeler les moments délicieux qu'ils ont partagés avant de se haïr…

**Une servante pour épouse,**
**de Jackie Ashenden - N°4632**

Prisonnière depuis l'enfance, Rose mène la vie difficile d'une servante. Jusqu'au jour où elle ose demander de l'aide à Ares Aristiades, qui séjourne dans le manoir de son geôlier. Malgré les balafres qui marquent son visage, l'homme d'affaires grec lui inspire confiance… et désir ! Une alchimie d'autant plus troublante qu'Ares la soumet à un pacte dangereux : il rendra sa liberté à Rose si elle l'épouse et lui donne un héritier…

**Le play-boy des sables, de Maya Blake - N°4633**

Un cauchemar. Pour Javid al-Jukrat, devenir le souverain de Riyaal est inconcevable. Et pourtant, en tant que prince suppléant, il n'a d'autre choix que d'endosser le rôle que le destin lui impose aujourd'hui. Pire encore, il doit renoncer à sa vie de play-boy notoire pour épouser l'innocente Anaïs, avec laquelle il n'a rien en commun. Du moins le croit-il, car dans la chambre à coucher leur mariage de convenance prend soudain une tournure délicieusement passionnée…

**L'inconnu des Bahamas, de Cara Colter - N°4634**

Depuis qu'elle a été abandonnée devant l'autel, Marlee déteste les mariages. Et ce n'est pas cette noce organisée à Coconut Bay qui la fera changer d'avis. Quoique… Arrivée sur l'île paradisiaque, elle est vite envoûtée par les plages de sable doré, les fleurs multicolores, les cocotiers à perte de vue… et le regard brûlant de Matteo, un inconnu rencontré sous les étoiles. Alors, Marlee s'autorise une liaison aux Bahamas, une parenthèse à savourer contre toute raison…

**Mon irrésistible milliardaire, de Lucy King - N°4635**

Nick Morgan, le meilleur ami de mon frère, me déteste depuis toujours. Et pourtant, c'est à lui et à ses talents de financier que j'ai décidé de faire appel, quand j'ai brusquement hérité une fortune colossale. C'est ainsi que je me retrouve sur Suza, son île privée au cœur de l'océan Indien. Mon séjour supposé professionnel prend immédiatement une tournure inattendue. Non seulement une tempête tropicale m'oblige à rester auprès de Nick davantage que je ne l'avais imaginé, mais surtout le désir qui nous rapproche est aussi irrépressible que la haine qui nous oppose…

**Le jeu d'une princesse, de Jessica Gilmore - N°4636**

Sœur cachée d'une princesse, Clem mène une vie tranquille en Cornouailles. Jusqu'au jour où sa chère Arrosa lui rend visite, afin de lui annoncer le mariage arrangé auquel elle consentira bientôt. Touchée par sa détresse, Clem lui propose d'échanger leurs vies durant l'été. Arrosa se reposera au village, tandis qu'elle prendra sa place au palais. Un jeu de rôle simple et innocent en apparence, du moins Clem le croit-elle. Car elle ne tarde pas à être démasquée par Akil, le sublime vicomte d'Ortiz, le promis de sa sœur…

**Nuits volées avec un roi, de Sharon Kendrick - N°4637**

Rosie n'est pas de sang royal, elle n'a même pas le sang bleu. Elle n'est ni riche ni célèbre. Et pourtant, elle a grandi en rêvant que Corso, le prince héritier du trône de Monterosso, voie en elle autre chose que la gentille fille d'un domestique. Or voilà que, devenus adultes, tous deux se retrouvent pour une tournée internationale. Entre Londres, Paris et New-York, Rosie succombe à une passion interdite entre les bras de l'homme qu'elle aime, tout en sachant que bientôt il devra choisir parmi l'élite sa reine…

**Le fruit du hasard, d'Emmy Grayson - N°4638**

SÉRIE : *LES FRÈRES CABRERA* - 2/3

Organisatrice d'événements ultra-efficace, Calandra ne laisse rien au hasard. Jusqu'à sa rencontre avec Alejandro Cabrera, directeur d'une compagnie maritime et grand séducteur. Cet homme insupportable a beau être son exact opposé, il l'attire dangereusement. Au point qu'elle perd la raison entre ses bras, au cours d'une nuit passionnée. Le réveil est brutal pour Calandra, hélas ! Bientôt, en effet, elle se découvre enceinte de son amant…

**Les vœux de Nikolaï, de Lucy Monroe - N°4639**

SÉRIE : *DÉCRET ROYAL* - 1/3

Lorsqu'elle n'était qu'une adolescente naïve, Lady Nataliya a signé un contrat stipulant qu'elle convolerait un jour avec le prince de Mirrus. Aujourd'hui pressée de se libérer de ce piège matrimonial, elle vend à un journal le récit scandaleux de ses cinquante rendez-vous amoureux ! Sa stratégie fonctionne à merveille : son promis, furieux d'être ridiculisé, rompt leurs vœux. Hélas, le frère de ce dernier – le roi Nikolaï en personne – exige de Nataliya qu'elle respecte l'accord originel en l'épousant à la place !

**Tendre scandale, de Dani Collins - N°4640**

SÉRIE : *QUATRE MARIAGES ET UN BÉBÉ* - 1/4

C'est une habitude chez Hunter : il s'attend toujours au pire. Pourtant, rien ne l'avait préparé au scandale qui s'abat sur lui le jour même de ses noces. Alors qu'il se trouve au côté de sa future épouse, une riche héritière qui devrait l'aider à établir sa respectabilité, voilà que le mariage est interrompu par une autre femme. La douce Amelia, avec laquelle il a passé une nuit enivrante un an plus tôt, a fait irruption dans l'assistance avec un bébé dans les bras ! Une petite fille qui ressemble étrangement à Hunter…

**Un bébé venu de Grèce, de Melanie Milburne - N°4641**

Lorsqu'elle se découvre enceinte, Emily est bouleversée. Et dire qu'il lui a suffi d'une seule nuit d'amour pour en arriver là… Hélas, si l'idée d'être mère l'emplit d'émotion, elle sait que la situation est loin d'être idyllique. Car le père de son enfant n'est autre que Loukas Kyprianos, un milliardaire grec qui ne lui a plus donné de nouvelles après leur folle étreinte. Comment réagira cet homme réfractaire à tout engagement, quand elle lui révélera qu'ils sont désormais liés à jamais ?

# VOTRE COLLECTION PRÉFÉRÉE DIRECTEMENT CHEZ VOUS

Vous souhaitez découvrir nos collections ? Une fois votre 1er colis à prix mini reçu, si vous souhaitez continuer à recevoir nos livres, cela se fera automatiquement. Vous n'avez aucune obligation d'achat et cette offre est sans engagement de durée !

Dans votre 1er colis, 2 livres au prix d'un seul
+ en cadeau le 1er tome de la saga *La couronne de Santina*.
8 tomes sont à collectionner !

**☛ COCHEZ la collection choisie et renvoyez cette page au**
**Service Lectrices Harlequin – CS 20008 – 59718 Lille Cedex 9 – France**

| Collections | Prix 1er colis | Réf. | Prix abonnement (frais de port compris) |
| --- | --- | --- | --- |
| ❏ **AZUR** | 4,75€ | AZ1406 | 6 livres par mois 31,49€ |
| ❏ **BLANCHE** | 7,40€ | BL1603 | 3 livres par mois 25,15€ |
| ❏ **PASSIONS** | 7,90€ | PS0903 | 3 livres par mois 26,79€ |
| ❏ **BLACK ROSE** | 8,00€ | BR0013 | 3 livres par mois 27,09€ |
| ❏ **HARMONY*** | 5,99€ | HA0513 | 3 livres par mois 20,76€ |
| ❏ **LES HISTORIQUES** | 7,40€ | LH2202 | 2 livres tous les deux mois 17,69€ |
| ❏ **SAGAS*** | 8,10€ | SG2303 | 3 livres tous les 2 mois, 29,46€ |
| ❏ **VICTORIA** | 7,90€ | VI2115 | 5 livres tous les 2 mois 42,59€ |
| ❏ **GENTLEMEN*** | 7,50€ | GT2022 | 2 livres tous les 2 mois 17,95€ |
| ❏ **NORA ROBERTS*** | 7,90€ | NR2402 | 2 livres tous les 2 mois prix variable** |
| ❏ **HORS-SÉRIE*** | 7,80€ | HS2812 | 2 livres tous les 2 mois 18,65€ |

*livres réédités / **entre 18,75€ et 18,95€ suivant le prix des livres

**F23PDFM**

N° d'abonnée Harlequin (si vous en avez un) |_|_|_|_|_|_|_|

Mme ❐ Mlle ❐ Nom : ____________________

Prénom : ____________________ Adresse : ____________________

____________________

Code Postal : |_|_|_|_|_| Ville : ____________________

Pays : ____________________ Tél. : |_|_|_|_|_|_|_|_|_|_|

E-mail : ____________________

Date de naissance : ____________________

**Date limite : 31 décembre 2023.** Vous recevrez votre colis environ 20 jours après réception de ce bon. Offre soumise à acceptation et réservée aux personnes majeures, résidant en France métropolitaine, dans la limite des stocks disponibles. Prix susceptibles de modification en cours d'année. Vous pouvez demander à accéder à vos données personnelles, à les rectifier ou à les effacer. Il vous suffit de nous écrire en nous indiquant vos nom, prénom et adresse à : Service Lectrices Harlequin CS 20008 59718 LILLE Cedex 9. Service Lectrices disponible du lundi au vendredi de 9h à 17h : 01 45 82 47 47.